联语雅韵

Exquisite Matching

北京文化探微

探寻北京文化 Explore Beijing culture
展现北京魅力 Embody the charm of Beijing

张维佳 郁志群 贺宏志 主编
李冬红 张冬霞 崔 静 陈春馨 王东平 赵崴羽 著

北京楹联里的记忆

The Memories of Beijing Couplets

北京出版集团
北京教育出版社

图书在版编目（CIP）数据

联语雅韵：北京楹联里的记忆 / 李冬红等著. —北京：北京教育出版社，2018.12（2020年11月重印）
（北京文化探微 / 张维佳，郝志群，贺宏志主编）
ISBN 978-7-5704-0906-8

Ⅰ. ①联… Ⅱ. ①李… Ⅲ. ①对联—文化研究—北京 Ⅳ. ①Ⅰ207.6

中国版本图书馆CIP数据核字（2018）第281471号

北京文化探微

联语雅韵

北京楹联里的记忆
LIANYU YAYUN

张维佳　郝志群　贺宏志　主编
李冬红　张冬霞　崔　静　陈春馨　王东平　赵崴羽　著

出　版	北京出版集团
	北京教育出版社
地　址	北京北三环中路6号
邮　编	100120
网　址	www.bph.com.cn
总发行	北京出版集团
经　销	全国各地书店
印　刷	三河市同力彩印有限公司
版印次	2018年12月第1版2020年11月第2次印刷
开　本	710毫米×1020毫米　1/16
印　张	9.5
字　数	129千字
书　号	ISBN 978-7-5704-0906-8
定　价	48.00元

如有印装质量问题，由本社负责调换
质量监督电话　010-58572393

编委会

丛书主编：张维佳　郗志群　贺宏志

编　　委：（以姓氏笔画为序）

马淑琴	王天娇	王木霞	王东平	王京晶	戈兆一
白文荣	白　巍	冯　蒸	吕秀玉	朱冬芬	李冬红
李迎杰	李　艳	杨安琪	杨学军	伽　蓝	汪龙麟
张　孚	张冬霞	张亦弛	张维佳	陈春馨	陈　晴
陈　溥	赵建军	赵春光	赵崴羽	柴华林	高丽敏
黄丽敬	崔　静	彭　帅	韩雅青	蔡一晨	

总　序

在任何一个国家，其首都文化都是立足于首都定位，根植于首都特色文化资源，在国家文化建设中起着示范性和引领性的作用。美国城市文化学者刘易斯·芒福德（Lewis Mumford）关于城市文化有一段著名论述："世界名都大邑之所以成功地支配了各国的历史，是因为这些城市始终能够代表他们的民族和文化，并把绝大部分流传后代。"

进入21世纪，中国迎来了新的历史时代。十九大报告明确指出"文化自信是一个国家、一个民族发展中更基本、更深沉、更持久的力量"，"深入挖掘中华优秀传统文化蕴含的思想观念、人文精神、道德规范，结合时代要求继承创新，让中华文化展现出永久魅力和时代风采"。"大力推进全国文化中心建设，提升文化软实力和国际影响力"是北京当前和今后一段时期的重要战略任务。如何弘扬和发展首都文化是北京建设全国文化中心的重要课题，对北京发展具有全局性的战略意义。

在这一新的时代背景下，我们十分需要对北京文化进行重新认识与解析，这是北京文化探微丛书出版的使命。

北京有着三千年的历史，是世界著名的古都和现代国际城市，孕育了底蕴深厚、丰富多彩、独特多元的北京文化。北京文化按照时间划分，可分为古代、近代、现代、当代四大类。按照内容性质，可细分为古城、皇家、民俗、革命、工业遗产、现代特色、大众休闲、文化艺术、奥运和文化教育等小类，并各自有着不同的空间载体。不同时期和类型的文化资源反映出北京城市文化精神内涵的不同方面。

北京文化探微丛书中一部分对北京城市文化空间现状进行简要解析，以期探索北京未来的文化发展空间与模式。比如长城、西山、长安街、中轴线、798艺术区等；丛书同时解析了数百年来人们在社会生活中形成并传承下来的各种文化形式，比如京剧、曲艺、老字号、俗语民谣等，意在普及推广优秀的传统文化，促进其在新时代的传播与发展。丛书循着"浅入浅出"的原则，结构上以散点的形式对北京文化的核心价值进行提炼，内容上关照承继，注重当下，面向未来，用通俗易懂的语言和具有代表性的图片，梳理北京文化的诸多方面。丛书力戒专业知识的堆砌，侧重义理的阐发，阐明北京文化中体现人类普遍价值和现代意蕴的内容，传承历史，裨益当代。

丛书在论述北京文化的过程中，始终把中华文化作为参照。中华五千年文化源远流长、博大精深，它是中华民族几千年文明的结晶，是由中华民族创造，为中华民族世世代代所继承发展，具有鲜明民族特色和深刻内涵的文化。从古至今，中华文化都对世界文明的发展贡献巨大，影响深远。北京文化是中华五千年文化的一部分，是中华文化在北京这一特定区域的特色化发展，北京文化无不具体体现着中华文化的印迹。

北京文化探微丛书以文化自信为依归，在新时代背景下和国际化的视野中重新审视北京文化，向大众展示北京的首都风范、古都风韵、时代风貌，擦亮首都文化的"金名片"，是一套"立足本国又面向世界"的普及类图书，可以很好地助力北京在全国文化建设中发挥示范带动作用，助力北京文化走出去，助力北京在国际上形成更大的影响力。

张维佳

序

烟火京城，亦雅亦俗话楹联

有人说，楹联就是一部中国文化的发展史，它从古老的桃符中走来，千百年来生生不息。一个个古老传说，演绎着人们对幸福平安的向往；无数世间故事，就在尺寸间被演绎得淋漓尽致。它是视觉的盛宴，也是智慧的沉淀。诗词藏于其间，岁月不败年华。楹联的美，在心、在悟，更在神、在韵。在这里，让我们和楹联相遇，感受文字的力量。

楹联，顾名思义，是因悬挂于楼堂宅殿的楹柱而得名，是由两个工整的对偶语句构成的独立篇章。在汉文字的历史长河里，楹联作为一种兼容民俗性、文学性和艺术性的独特文学艺术，无论是在汉字的音形义上，还是在文字背后蕴含的处世哲理上，都散发着迷人而深邃的魅力。同时楹联积极吸取了民间智慧和其他文学精华，内化后发展成了更优质的文学艺术，使其在具有实用性的基础上，不断发扬、传承，成为中华优秀传统文化的重要组成部分。

要了解楹联，需追溯其历史源流。楹联起源于桃符，相传，有一对叫神荼、郁垒的兄弟，专门对付危害人间的恶鬼。在古人的意识里，桃木是五木之精，且桃木之精在鬼门，可制百鬼！人们便在新年来临之际，在长六寸、宽三寸的桃木板上，刻上神荼、郁垒的画像，或是直接写上他们的名字，悬挂于门首，用来驱鬼避邪，保佑平安。后来在年关时挂桃符，成了民间驱邪求吉的一种习俗。五代十国时期，五代后蜀少主孟昶曾在寝门桃符板上题词："新年纳余庆，嘉节号长春。"被视为最早的楹联。王安石《元日》中"千门万户曈曈日，总把新桃换旧符"描写了古时除夕之日家家悬挂桃符的胜景。后来出现了门神，桃符所肩负的驱邪避灾的使命就转给了门神。桃符板也慢慢地由纸张替代，因为桃木的颜色是红的，红色有吉祥、辟邪之意，因此楹联大都用红纸书写，内容也多为对家庭、事业、生活等的美好祝愿。

说起楹联的历史起源，不得不提明太祖朱元璋。立朝之初，为了帝业稳固，人民安居，同时缓和阶级矛盾，调整生产关系以发展国力，明太祖也和历代统治者一样，效仿尧舜明君，对官吏的道德和行为准则做出规诫。楹联作为一种文学形式，具有较强的教化功能，而朱元璋又对此颇为喜爱，因而明代的各级官衙中存在大量楹联。陈云瞻《簪云楼杂记》中说："春联之设，自明太祖始。帝都金陵，除夕传旨'公卿士庶家，门上须加春联一副'。"朱元璋这道圣旨，对楹联的发展，起到了极大的推动作用，从而使明代成为我国楹联发展的鼎盛时期。在朱元璋的引领下，海瑞、解缙、徐渭、袁宏道等一批楹联大家生逢其时，使得楹联从立意、结构上，达到了一个新的高峰。

说到楹联，大家脑中普遍会闪现"不就是对联嘛"的想法。这种观点不能说是错的，但也不全对，二者还是有些许区别。古时楹联用于殿堂，内容仅限于政论、处世、哲理、家训等；而对联包含的内容更为家常和广泛，为表达特殊含义，甚至可以不要求上下联字数相等。

楹联的写作，讲究结构、格律、修辞等，具有很强的文学性和艺术性，因此楹联被称为中华民族的艺术独创。一副流芳百世的楹联，不仅结构合律，也一定包含着作联者深厚的文化底蕴或对烟火生活的深刻体会。

本书为大家展示了北京城中的经典楹联作品，在了解这些令人拍案叫绝的楹联的过程中，大家也能了解到北京的历史以及风土人情，感受这座气势恢宏、底蕴深厚且烟火气十足的古老都城。

王东平

目 录

1　匠心独具,皇家宫苑中的楹联

故宫中的楹联…1

颐和园中的楹联…28

北海公园中的楹联…38

圆明园中的楹联…42

2　修身养性,北京公园中的楹联

八大处中的楹联…47

中山公园中的楹联…51

景山公园中的楹联…56

陶然亭公园中的楹联…59

3　蕴含智慧,寺庵庙观中的楹联

北京孔庙和国子监中的楹联…65

灵光寺中的楹联…74

白云观中的楹联…78

4 妙笔生花，院舍堂馆中的楹联

老北京四合院中的楹联…88

阅微草堂中的楹联…96

5 海纳百川，象牙塔中的楹联

北京大学中的楹联…103

清华大学中的楹联…114

6 别有天地，北京老字号店铺中的楹联

餐饮饭馆中的楹联…119

药食加工店铺中的楹联…124

服装文具店中的楹联…136

后记…141

联语雅韵

北京楹联里的记忆

1

匠心独具，皇家宫苑中的楹联

故宫中的楹联

故宫，位于北京市中心，是我国明清两代的皇家宫殿，旧称紫禁城。北京故宫的建筑分外朝和内廷两部分，前半部分叫外朝，从南至北依次为太和殿、中和殿和保和殿。后半部分叫内廷，以乾清宫、交泰殿、坤宁宫为中心，东西有东六宫和西六宫。故宫的建筑绝大多数是木质结构，如此规模巨大的木质结构建筑群，经过600多年的风吹雨打，仍然保存十分完整。(图1-1)故宫中的楹联很多，分布各大宫殿以及楼、阁、轩、亭之中。(图1-2)

从故宫午门进入，经过内金水桥，迎面便是太和门，穿过太和门，正对面的大殿就是太和殿，也就是我们俗称的"金銮殿"。太和殿富丽堂皇，是中国现存最大的木结构大殿，采用重檐庑殿顶，是中国建筑的最高规格。太和殿建成后屡遭毁坏，经过多次重建，现存的太和殿是清康熙三十四年（1695年）重建后的形制。

明清时皇帝举行登基、大婚等大朝礼的地方就是太和殿。一进太和殿，正中便是题有"建极绥猷"四个大字的匾额，是乾隆帝御笔。"极"是屋脊栋梁的意思，"建极"就是要建立中正的治国方略，

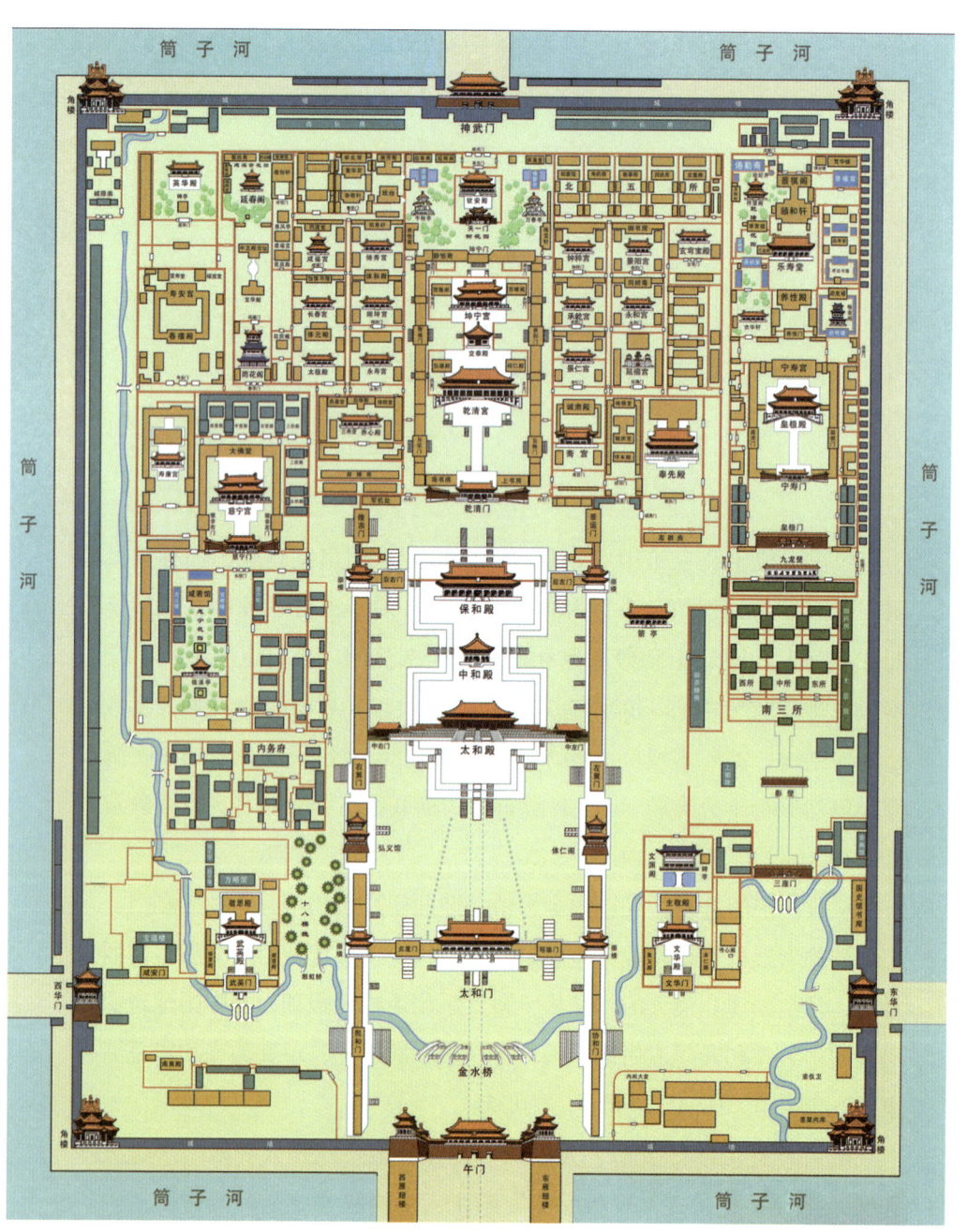

图1-1　北京故宫博物院平面示意图（灵极限提供）

图1-2　北京故宫全景（灵极限提供）

"绥"是顺应之意，"猷"为道，指法则。所谓"建极绥猷"，是说一国之君，要上体天道，下顺民意，用中正的法则治理国家。匾额原件在袁世凯称帝的时候被换掉，现存的匾额为复制品。

匾额左右悬挂一副巨大楹联："帝命式于九围，兹惟艰哉，奈何弗敬；天心佑夫一德，永言保之，遹求厥宁。"此联为乾隆帝亲题。大意是天帝命皇帝来治理九州，虽艰难但不敢怠慢；上天保佑，同心同德求安宁，建立中正之道，功业宏伟。（图1-3）

太和殿左门有一联："日丽丹山，云绕旌旗辉凤羽；祥开紫禁，人从阊阖觐龙光。"上联描写了旭日东升，光芒洒向皇宫，使皇宫显得愈加恢宏壮丽（"丹山"指皇宫），旌旗高扬直入云端，凤羽熠熠生辉。此联写了皇帝上朝时仪仗队伍的气势之恢宏，场面之壮丽，辞藻华丽，写法浪漫。下联写祥瑞之光在紫禁城闪耀，朝臣们从各地入殿觐见。"阊阖"为传说中的天门，这里指太和门。此联中"阊阖""龙光"，

图1-3 太和殿正中的匾额及楹联（全景网提供）

均为渲染皇帝地位的崇高和身份的尊贵。这副楹联意境壮美，用词巧妙，将皇家气象展现得淋漓尽致。

太和殿右门楹联为康熙帝亲题："鹓观祥云，九泽同文朝玉阶；凤楼焕彩，八方从律度瑶闾。"上联中，"鹓"是古书中记载的一种异鸟，预兆祥瑞；"九泽"，泛指天下；"玉阶"，指朝廷。鹓鸟出现，祥云笼罩，天下公用同一种文字一齐参拜朝廷。"凤楼"即凤凰楼，是清太宗皇太极时期的皇家阁楼，是当时盛京最高的建筑，这里作为清朝统治的象征。"瑶"，传说中天宫的瑶池；"闾"，天门，这里指皇宫的正门。凤凰楼焕发出夺目的光彩，八方遵循共同的标准来度量瑶池天门。这副楹联充分表达了康熙帝想要四海归一、八方祥和的期望与决心。

从太和殿出来，径直往北走，就到了中和殿。皇帝在去太和殿大典之前于中和殿休息，并接受执事官员朝拜。

"中和"二字出自《礼记·中庸》："中也者，天下之大本也；和也者，天下之达道也。"殿内匾额为"允执厥中"，出自《尚书》，意思是言行不偏不倚，符合中正之道。殿内御椅两侧的朱柱上，挂着一副乾隆帝亲题的楹联："时乘六龙以御天，所其无逸；用敷五福而锡极，彰厥有常。""时"，当按时讲；"乘六龙以御天"是上古神话，说的是太阳乘六龙所驾之车行于天空；"逸"，安逸；"彰"，表明，显现；"常"，规律。本联大意为：太阳乘坐六龙所驾之车恒久地驰骋于天空，在于它的自强不息；仁君因广散五福（寿、富、康宁、攸好德、考终命）而获得人民的爱戴，要永远明确这一规律。（图1-4）

图1-4 中和殿内楹联（汇图网提供）

出了中和殿继续往北走，就是皇帝宴请外藩王公贵族及科举考试的地方——保和殿。

"保和"二字出自《易经》中的"保合太和"，即精神意志要专一，以保持宇宙间万物和谐。由于保和殿是皇族用来宴请宾客所用，因此极尽奢华。保和殿内外檐均为金龙和玺彩画，天花板为沥粉贴金的金龙图案。殿内天花梁柱上的彩画与以丹红为主的陈设和装饰交相辉映，殿内金砖铺地，坐北朝南有一雕镂金漆宝座，富丽堂皇，华贵无比。

宝座两边悬挂巨型楹联："祖训昭垂，我后嗣子孙，尚克钦承有永；天心降鉴，惟万方臣庶，当思容保无疆。"为乾隆帝御笔。此联意为：祖宗的训诫永存我心中，我后嗣的子孙们必将敬奉继承一直到永远；皇天的仁心普照天下，帝王应当清楚包容保护天下子民的使命没有止境。匾额"皇建有极"，出自箕子《洪范》"皇建其有极"，指君王处理政事要不偏不倚，取中庸之意。由天子来制定建立中正的天下最高准则，有强调皇权之意。（图1-5）

从保和殿出来，径直往北走，通过乾清门，就到了内廷正殿——乾

图1-5　保和殿内楹联（王禹坤摄）

图1-6　乾清宫内楹联（王禹坤摄）

清宫，即民间所谓的"后三宫"（乾清宫、交泰殿、坤宁宫）中的第一座宫殿。和前三殿一样，殿的正中设有镂空龙纹宝座，殿两端有暖阁。乾清宫最早是皇帝居住和处理日常政务的地方。相传，年少的康熙帝就在乾清宫的南书房智擒了鳌拜，除掉了心腹大患。乾清宫楹联为康熙帝题："表正万邦，慎厥身修思永；弘敷五典，无轻民事惟难。"表明皇帝应以身作则，严格约束自己言行，以永保天下安宁太平；也要广泛宣传五常伦理，治理国家无小事，虽然艰难，但不可忽视对民生的关注。匾额"正大光明"，意为皇帝应以正直无私、光明磊落的天地情怀来修身治国。自省律他并行，才能万民归心，天下太平。（图1-6）

　　保和殿正北是明清皇帝和后妃们起居生活的地方——交泰殿。交泰殿位于乾清宫和坤宁宫中间，乾隆以后，皇帝使用的二十五方宝玺便存放于此。殿名取自《易经》中的"天地交泰",为"天地相会,宇宙和谐,万物便能生长茂盛"之意。

　　与前三殿和乾清宫的体量之大,装饰之华贵相比,交泰殿要显得朴素温馨很多。殿中明间设宝座,上悬"无为"匾额,取老子《道德经》中"无为而治"之思想。匾的右上方写着"圣祖御书",这里的"圣祖"指的是康熙帝。匾的左下方写着"乾隆六十二年丁巳御笔恭摹"。嘉庆二年(1797年),交泰殿失火,康熙帝题写的匾额也随之焚毁,乾隆帝便临摹了这两个字,此时嘉庆帝虽已即位,但宫中仍然以乾隆的年号记年。乾隆帝在此题联:"恒久咸和,迓天休而滋至;关雎麟趾,立王化之始基。"此联意思是说,夫妇遵循阴阳天道法则,就会迎来上天赐给的多子多孙之大福,这是建立帝王教化的根基。(图1-7)

图1-7　交泰殿内楹联(王禹坤摄)

图1-8 坤宁宫东暖阁内楹联（全景网提供）

出了交泰殿，继续往北直行，就来到了后三殿中的最后一站——坤宁宫，明清皇后的寝宫。坤宁宫宫名出自《道德经》中"地得一以宁"。在古代，皇帝是天，天为乾，皇帝是乾；皇后是地，地为坤，皇后就是坤。乾清宫即皇帝寝宫，代表阳性，坤宁宫为皇后寝宫，代表阴性，表示阴阳协和、万物共荣之意。嘉庆帝在坤宁宫东暖阁题联："天惟纯佑命，俾尔戬谷，百禄是荷；民其敕懋和，绥以多福，万寿无疆。"此联意为：上天只保佑有德的君王，让他仁德为政，承接福气；老百姓就服从仁道的皇帝，祝福他平安、幸福、长寿。匾额"日升月恒"，意思是君王像太阳一样升腾照耀于天空，像月亮一样圆满丰盈。

(图1-8)

9

养心殿东临乾清宫,南通军机处,北临西六宫,雍正以后成为皇帝的寝宫和最主要的政务处理中心,是清代帝王集权统治制度下的核心场所。殿中的匾、联集中反映了清代皇权统治思想的精髓。

西暖阁位于养心殿明间西侧,暖阁楹联为雍正帝亲题:"惟以一人治天下,岂为天下奉一人。"此联是雍正帝在大唐名臣张蕴古所说之话基础上略作改动而成的,大意为:皇帝要自己亲力亲为治理天下,而不仅仅是高高在上被天下人所奉养。鼓励帝王要勤政爱民,不单以强权治天下。匾额的"勤政亲贤"充分反映了雍正帝立志勤于政务、广纳贤才的政治理想。(图1-9)

养心殿西南隅有一间小室,名为三希堂。"三希"之名的由来,有一种说法是此处书房中收藏了晋代王羲之的《快雪时晴帖》、王献之的

图1-9 养心殿西暖阁内楹联(汇图网提供)

《中秋帖》以及王珣的《伯远帖》三件稀世书法珍品。也有一种说法是应和了乾隆帝的老师蔡世远的二希堂，蕴含着宋代儒士周敦颐的"士希贤，贤希圣，圣希天"之意，用以勉励自己加强自我修养，不断寻求超越。三希堂匾额两侧有一乾隆帝亲题联："怀抱观古今，深心托豪素。"此联中，"怀抱观古今"引用的是谢灵运《斋中读书诗》中的一句，意思是书中自有旷古至今的广博知识；

图1-10 三希堂内楹联（汇图网提供）

"深心托豪素"则是引用了颜延之赞向秀的诗句。此楹联寄托了乾隆帝对魏晋风流的仰慕之情。（图1-10）

太和殿前广场内东侧，有一座面向西的体仁阁。清代康熙帝曾在此举行博学鸿词科考试，招揽人才。乾隆以后，体仁阁就成了内务府的绸缎库。（图1-11）

体仁阁内悬一楹联："黄道天开，东壁琛图辉玉宇；紫宸日丽，西山爽气映瑶阶。"古人认为天圆地方，太阳是绕地球运行的，上联中"黄道"就是古人认为的太阳绕行地球的轨道；"东壁"，星名，古人认为东壁星主文，"天下图书之秘府也"，后人也以东壁来指藏书之

图1-11 体仁阁（汇图网提供）

所；"琛图"指图书；"玉宇"即华丽的殿宇。下联"紫宸"是唐宋时皇帝接见群臣的宫殿；"瑶阶"是光滑的石头砌成的台阶。此联为长联，对仗工整，"黄道"对"紫宸"，"东壁"对"西山"，"辉"对"映"，"玉宇"对"瑶阶"。此联一则表现清代皇帝重文的思想，又与"体仁阁"名字相佐，体现皇帝恩泽天下，仁义兼施。

太和门外西侧庑房正中、外朝中路上有一座门叫熙和门。熙和门是由西华门进入前朝的必经之路，是外朝中路与西路武英殿、内阁等区域联系的枢纽。明代熙和门梢间曾为百官奏事之所。熙和门有一副楹联："景纬霞敷，星罕灿三辰珠璧；元和春盎，云璈宣六代咸英。"（图1-12）

图1-12 熙和门（汇图网提供）

上联中"景纬"出自王融《三月三日曲水诗序》"求中和而经处，揆景纬以裁基"，指日与星；"敷"，指扩散开来；"罕"，指旗帜，"星罕"就是印有星星图案的旗帜，一般指皇家旗帜；"三辰"，指日、月、星；"珠"与"璧"都是珍宝，这里借指灿烂的光辉。上联是说，天空中彩霞笼罩，帝王旗帜散发出灿烂的光辉。下联中"元和"是唐代燕乐的一种，这里指歌舞乐曲；"春盎"，是春意盎然的意思；"云璈"，指打击乐器云锣；"六代"，指黄帝、唐尧、虞舜、夏、殷、周六个朝代；"咸英"，是《咸池》《六英》的并称，泛指古乐。下联大意是说，春意盎然，乐曲萦耳，我们的云锣将六代先朝的乐声尽颂出来。一"灿"一"宣",将清朝盛景尽现,体现天地一片盎然、祥和景象。

故宫东华门内文华殿后是文渊阁,最初用于珍藏第一部精抄本《四库全书》,后成为紫禁城内最大的一座皇家藏书楼,阁内乾隆帝题联:"荟萃得殊观,象阐先天生一;静深知有本,理赅太极函三。""荟萃"本指草木丛生的样子,后喻优秀的人物或精美的东西会集、聚集;"殊观",十分壮观;"象阐",形象地阐述;"先天生一",盘古开天前,天地混沌一片的状态;"太极函三",出自《汉书》"太极元气,函三为一"。(图1-13)

乾隆皇帝酷爱读书,文渊阁乃《四库全书》所藏之地,甚为乾隆重视,"荟萃""静深"皆体现出文渊阁藏书规模的庞大,"先天生一""太极函三"则指《四库全书》包罗万象。"一"和"三"又使楹联对仗工整,读来朗朗上口。

图1-13 文渊阁匾额(王禹坤摄)

图1-14 皇极殿明间联（汇图网提供）

宁寿宫于康熙年间兴建，最初供皇太后居住。乾隆三十七年（1772年）至四十一年（1776年）改建，将宁寿宫前殿更名为皇极殿，是乾隆帝归政后临朝接受百官朝贺的地方。皇极殿明间有匾额"仁德大隆"，联曰："日之升，月之恒，八表同登仁寿域；天所覆，地所载，万年常巩海山图。"此联化用《诗经·小雅·天保》中的"如月之恒，如日之升"和《礼记·中庸》中"舟车所至，人力所通，天之所覆，地之所载"两句，有祈盼帝王仁德长寿，以及祝愿河山千秋永固之意。（图1-14）

此外，皇极殿还有其他众多匾联：

东次间挂光绪帝题匾"九如凝釐"。"九如"出自《诗经·小雅·天保》,用以祝颂天子长寿不衰。楹联:"合万国以承欢,万叶仙蓂周大甲;衍九畴而锡福,九州赋贡畅由庚。""万叶",指万代;"仙蓂",指上古皇帝庭前所长瑞草;"周大甲",指六十大寿;"九畴",指相传大禹治天下的九大法宝;"锡福",指赐福;"由庚",是《诗经·小雅》中的诗篇名称,寓意顺其自然。此联祈祝天子长寿不衰,天下百姓安居乐业,风调雨顺。(图1-15)

东二次间挂有慈禧题写的"圣厘嘉祜"匾额,指天降福气与护佑。

西次间北内檐有光绪帝题匾联"璚琯添筹"。"璚",通"琼";

图1-15 皇极殿东次间北内檐光绪帝题匾联(灵极限提供)

"琯"，指乐器；"添筹"，指添寿。有祈愿长寿之意。楹联："庆六豑之延洪，丹册扬华崇盛典；俾二仪以悠久，彤闱介福颂长年。""豑"通"秩"，"六豑"，指古代爵位；"延洪"，意为长大；"丹册"，指丹书；"扬华"，指宣扬文采；"二仪"，指天地；"彤闱"，指宫廷中朱漆粉刷的大门；"介福"，指大福，有祈愿长寿之意。此联是慈禧太后过六十大寿时光绪帝亲题，用以祝愿慈禧万寿无疆。（图1-16）

西二次间悬有慈禧题写的"亿龄祉福"匾额，祈愿福祉长久。

宁寿宫后区东路南端，有一座坐南面北、建筑宏丽的戏台，名为畅

图1-16　皇极殿西次间北内檐光绪帝题匾联（灵极限提供）

音阁，全名"故宫宁寿宫畅音阁大戏楼"，是清宫内廷演戏的地方。（图1-17）畅音阁为紫禁城内最大的一座戏台，与京西颐和园内的德和园大戏楼、承德避暑山庄内的清音阁大戏楼并称清代三大戏楼。

畅音阁分上中下三层，依次为上层"福台"，中层"禄台"，下层"寿台"。分别悬"畅音阁"匾、"导和怡泰"匾、"壶天宣豫"匾。"壶天"代指仙境，"豫"指快乐，"壶天宣豫"比喻此处像仙境一般无忧快乐。下层匾额旁悬挂烫金楹联："动静叶清音，知水仁山随所

图1-17 畅音阁（汇图网提供）

会；春秋富佳日，凤歌鸾舞适其机。"（图1-18）出自左思的《招隐诗》："非必丝与竹，山水有清音。"另陶渊明《移居》中也有："春秋多佳日，登高赋新诗。"清朝帝后大都喜欢看戏，此联充满浪漫色彩，辞藻华丽，既写出丝竹乐曲的美妙，又想象出此处如仙境之景象，读来令人回味无穷。

乐寿堂为宁寿宫后区中路建筑之一，南邻养性殿，北通颐和轩。其天花板由一个个小的精致雕花正方形组成。堂前有乾隆帝题的"与和气

图1-18　畅音阁第一层楹联（汇图网提供）

图1-19 乐寿堂内楹联（王禹坤摄）

游"匾额。两边的楹联是："座右图书娱昼景，庭前松竹蔼春风。"古人常以"座右图书"来标榜自己爱读书，以读书为乐的习惯，乾隆帝亦如此。读书时，庭前春风拂过松竹，日理万机中，抽出些许时间，体味闲人雅趣，其乐无穷。体现了这位太上皇功成身退、悠游寰宇、志得意满的心态。（图1-19）

乐寿堂后为颐和轩。殿内有楹联："景欣孚甲含胎际，春在人心物性间。"植物的种子萌发之际景色欣欣向荣，这时春天一切美好的事物都在人们的心中与万物本性之中。匾额"太和充满"，为乾隆帝御题，意指天人合一，是一种和谐的愿望。（图1-20）

在宁寿宫建筑群组里，有一处由九间屋组成的建筑，名为倦勤斋，取"耄期倦于勤"之意，大意就是帝王厌倦于政事的辛劳，想在此休息。相传此处为太上皇休憩之所。

斋内题联:"一贯惟诚主于敬,万几无旷本诸身。"上联写出皇帝修身之德,修炼自己的至诚之性;下联赞扬皇帝勤于政务,丝毫不敢懈怠。通过本联,我们好似看到一位勤政爱民的君主形象。(图1-21)

图1-20 颐和轩内楹联(吴艳雄摄)

倦勤斋内设一小戏台,为供太上皇室内观戏而建。乾隆帝时,南府

图1-21 倦勤斋内楹联(宗同昌/FOTOE提供)

图1-22 倦勤斋室内小戏台上楹联（灵极限提供）

太监常在此演唱岔曲。戏台柱上挂联："筹添南极应无算，喜在嘉生兆有年。""南极"，星名，比喻长寿；"无算"，数不胜数，形容数量多；"嘉生"，指长势良好的谷物；"有年"，指丰年。上联祝寿，下联祈愿丰收太平。（图1-22）

故宫内廷外西路有一所太后居所——寿康宫，与慈宁宫齐名，位于慈宁宫西侧。寿康宫（图1-23）前殿悬挂着乾隆帝御书的"慈寿凝禧"匾额，以表达对母亲的美好祝愿，殿堂楹联也为乾隆帝亲题："玉琯应阳春，祥开南极；璇宫呈丽景，庆洽西池。"（图1-24）"玉琯"，指玉质的古乐器，这里泛指管乐；"阳春"，指阳光普照的温暖春天；"南

图1-23　寿康宫匾额（王禹坤摄）

图1-24　寿康宫内楹联（王禹坤摄）

极"，指南极星，用来祈祝长寿；"璇"指美玉，"璇宫"指用美玉装饰成的宫殿；"洽"为和睦，"庆洽"指喜庆和睦；"西池"即瑶池，天宫王母娘娘的住处，这里将太后比喻成王母。此联辞藻华丽，喜庆浪漫，体现出宫内的喜气祥和，另有祈祝太后长寿之意。

寿康宫后花园内有一副乾隆帝亲题联："福集璇图天永锡，祥开绮甲日重光。""璇图"，地图，指国家；"锡"通"赐"，赏赐；"绮甲"，指绮丽的服饰；"重光"，指后王能继承前王的英明功德。上联说天，下联讲人，天人合一，长盛无极。（图1-25）

长春宫，紫禁城内廷西六宫之一，坐落于太极殿以北，咸福宫以南，是明清两代后妃居住的地方，同时也是王公贵妃看戏之所。前殿悬挂有乾隆帝亲题"敬修内则"匾额，乾隆帝是告诉后宫嫔妃，

图1-25　寿康宫后花园内楹联（王禹坤摄）

图1-26 紫禁城西六宫中的长春宫（林京／FOTOE提供）

要时刻注意规范自己的言行举止，做事不能逾越了祖宗的规则。匾额下方康熙帝御题："麟游凤舞中天瑞，月朗风和大地春。"从"麟""凤"二字可以看出，上联有祈愿帝妃和谐共处之意，下联有盼望天下宴和之意。（图1-26）

　　储秀宫，紫禁城内廷西六宫之一，同长春宫一样是后宫妃嫔的居所。电视剧《甄嬛传》中华妃寝宫正是这里。宫中有一联，为乾隆帝亲题："百福屏开，九天迎瑞霭；五云景丽，万象入春台。""百福"，为多福；"瑞霭"，为吉祥的云霭；"五云"，为五彩祥云；"万象"，为自然界的一切景象；"春台"，为春暖花开的胜地。此联寓意福瑞祥和，后妃寝宫有此联，也昭示此处温暖和气，是皇帝宠

图1-27 北京故宫储秀宫(尹楠/FOTOE提供)

幸之地。(图1-27)

  光绪年间,翊坤宫后殿改称体和殿,贯通后使翊坤宫和储秀宫连为一体,体和殿上有"规天矩地"匾额,为慈禧太后亲题。"规天矩地"泛指效法天地,顺其自然,遵从规矩。联曰:"日映东方,光华被艺圃;源流北海,沉瀁挹文澜。"此联为慈禧太后亲题。"光华",光彩华丽;"被"同"披",读平声;"艺圃",指园艺花圃;"源流",水的主流和支流;"沉瀁",水深且宽;"挹",盛、舀;"文澜",

文章的波澜。两联的意思是：旭日东升，光彩照于园圃；北海源流深广，好似文章渊博。（图1-28）慈禧此联颇有乾隆帝的风韵，对仗工整，意蕴深远。

北京故宫匾额、楹联是封建文化以及皇权思想的集中代表。

图1-28　体和殿上慈禧题写的廊联（灵极限提供）

颐和园中的楹联

颐和园，其前身为清漪园，是中国清朝时期的著名皇家园林，也是现今保存最完整的一座清代皇家行宫御苑，有"皇家园林博物馆"之称。它坐落在北京西郊，由万寿山和昆明湖两部分组成。园内有很多著名的建筑和景点，如佛香阁、德和园、排云殿、智慧海、十七孔桥、知春亭、凤凰墩等。（图1-29）

图1-29 颐和园景色（灵极限提供）

图1-30　谐趣园涵远堂处楹联（王禹坤摄）

整座园林布局精巧，建造华美，形成园中有园，亭外有亭，依山傍水的格局，体现了人工与自然的和谐之美。颐和园中的楹联也是全国园林中留存数量最多的，尤以谐趣园中的楹联最为精妙。如谐趣园中有这样一副楹联："西岭烟霞生袖底，东洲云海落樽前。"（图1-30）去过颐和园的人都知道，在谐趣园中是看不到西岭的烟霞，东洲的云海就更看不到了，然而楹联却启发游人的联想，丰富人们的想象，当你站在谐趣园，西岭的烟霞好像飞到你的袖底，东洲的云海犹如落到眼前的樽里。这样将园内之景与园外的景色联系起来，使游人顿感心旷神怡，眼界开阔许多。

这副楹联不仅让人感觉诗画兼得，其内涵也同样耐人寻味，楹联看似只写了"西岭""东洲"之景，实则更包含了一种处世行事之意：人要站得高望得远，才能将四海烟云尽收"袖底"，让"东洲云海"尽落

图1-31 绣漪桥是从水路进入颐和园的必经之路,有"昆明湖第一桥"之称(王禹坤摄)

"樽前"。

绣漪桥位于昆明湖与长河汇合处,连通东堤与西堤,是清代帝后进入颐和园的必经之地。(图1-31)作为颐和园的"大门",桥上有一副楹联:"螺黛一丸,银盆浮碧岫;鳞纹千叠,璧月漾金波。"(图1-32)上联写日景,桥宛如一弯黛眉镶嵌在银白色的湖面上,水中倒映着碧绿的万寿山影;下联写月色,水波粼

图1-32 绣漪桥楹联(王禹坤摄)

粼，在皎洁如玉的月光照耀下，湖面荡漾着金色的清波。

宜芸馆位于玉澜堂北侧，原为乾隆帝藏书、读书之地，光绪时成为隆裕皇后的寝宫。宜芸馆前有一副楹联："绕砌苔痕初染碧，隔帘花气静闻香。"上联化用刘禹锡《陋室铭》"苔痕上阶绿"句意，说石阶周围的青苔刚刚萌发绿色；下联说花气透过竹帘传来静静幽香。"绕""隔""染""闻"等字精巧传神，生动地写出了环境的幽静宜人。（图1-33）

图1-33 宜芸馆楹联（王琼／FOTOE提供）

道存斋是宜芸馆东侧的配殿，上面也有一副楹联："霏红花径和云扫，新绿瓜畦趁雨锄"。意思是：落英缤纷，小径被花瓣铺满，云雾之中，有人轻轻打扫；瓜田菜地，一片新绿如玉，细雨湿润，有人慢慢锄草。表现了清新素雅的风格和主人闲适的心境。（图1-34）

在昆明湖南湖岛上有一座月波楼，据说当时是慈禧的书房，门前有一副楹联："一径竹荫云满地，半帘花影月笼纱。"联语描绘竹林、花枝在月色笼罩下的微妙变化，使楼的周围、远近充盈着一片迷蒙幽静的气氛，意境十分柔和淡雅。（图1-35）

图1-34 宜芸馆东配殿道存斋东门楹联（灵极限提供）

图1-35 月波楼楹联（王禹坤摄）

图1-36 十七孔桥（王禹坤摄）

十七孔桥是颐和园最知名的景点之一，其北侧有一副楹联："虹卧石梁，岸引长风吹不断；波回兰桨，影翻明月照还空。"上联写水上之桥，下联写桥下之水。石桥宛若卧在水上吹不断的彩虹，兰桨使水波回旋，划碎映于水面明亮清澈的月亮。"照还空"，指桥的十七孔。联语描绘水波、明月，水天一色，表现了这座颐和园内最大的石桥的神韵和气派。（图1-36）（图1-37）

谐趣园中有一座亭，乾隆年间称为水乐亭，光绪时改建谐趣园，

图1-37 十七孔桥楹联（灵极限提供）

图1-38 饮绿亭楹联（王禹坤摄）

将亭更名为饮绿亭。有联："云移溪树侵书幌，风送岩泉润墨池。"指溪边树梢上一抹彩云飘逸而来，好像触及书房的帷帘；山泉随风流至，仿佛润湿了屋中的砚台。"移""送""侵""润"四字，恰到好处地写出了雅逸的意境，使景物充溢活力。（图1-38）

　　知鱼桥是谐趣园中最知名的一座桥，桥前石坊上的楹联为乾隆帝御笔："月波潋滟金为色，风濑琤琮石有声。"通过一看一听将桥下之水景描绘得有色有声：明月下，水波涟漪，金光闪烁；风吹水击岸石，发出悦耳的声响。"潋滟"，水波流动貌；"风濑"，意为风吹水急；"琤琮"，原为玉器相击声，此谓水石撞击声。全联咏水，却无一"水"字，联语用词精巧，秀丽娴雅，令人如见其景，如闻其声。（图1–39）

图1-39　知鱼桥楹联（王禹坤摄）

图1-40　画中游石牌坊正面楹联（灵极限提供）

颐和园画中游景区有一座石牌坊，为乾隆年间建造，其正反两面各有乾隆帝御笔楹联。正面楹联为："幽籁静中观水动，尘心息后觉凉来。"上联说，寂然宁静之中能体验到水之动，籁之幽，万物无不从容自得。有万物静观皆自得之意。下联说，止息了一切杂念，则在烦嚣之中也可感受到凉意的来临。（图1-40）

画中游石牌坊背面的楹联为："闲云归岫连峰暗，飞瀑垂空漱石凉。"本联表现的是一幅傍晚太阳下山时的清凉幽静图景：白云飘入山间，连绵青山浓荫高蔽而转暗；飞瀑垂空而泻，使石受漱而凉。联语由流云而引出山峰，由飞瀑而引出岩石，炼字工巧，"闲""归""飞""垂"几字的选用使白云与瀑布富于动感与情趣。这两副楹联取自乾隆帝游览香山静宜园时所作的御制诗，颐和园内虽无瀑布，

图1-41　画中游石牌坊背面楹联（灵极限提供）

图1-42 澄爽斋楹联（汇图网提供）

但通过此联可能会让帝王回想起一些过往之景吧！（图1-41）

在澄爽斋可以观赏到四时的美景，故有楹联："芝砌春光，兰池夏气；菊含秋馥，桂映冬荣。"意思是春天有香草装饰春光，夏天有荷花散发夏天的气息，秋天有菊花美丽的花姿，冬天在桂树的衬托下依旧可以看到树木郁郁葱葱。（图1-42）

北海公园中的楹联

　　北海是中国现存建园最早、保存最完整、文化沉积最深厚的古典皇家园林。北海的形成和发展，历经金、元、明、清四个朝代，传承并延续了中国皇家园林的风貌，是凝聚了历代园林文化艺术之大成的杰作。

　　北海东邻故宫、景山，南濒中海、南海，北连什刹海，是北京城中风景优美的"前三海"之首。它地理位置优越，四季景色宜人，湖光塔影，苍松翠柏，亭台楼阁，绚丽多姿，犹如仙境。(图1-43)

　　北海北侧的静心斋，建于乾隆二十二年（1757年），原名镜清斋，最早是太子读书的书斋，是一座别致、独特的小庭院。在静心斋的罨画轩有一副著名的描写景物的楹联："花香鸟语无边乐，水色山光取次拈。"意思是：这里到处都是鸟语花香和看不尽的山光水色，你留恋在其中怎能不舒心畅怀。闭目一想，即可知其意境。在这里可以把北海的美景尽收眼底。(图1-44)

　　北海东岸有濠濮间、画舫斋、先蚕坛等几组建筑。在濠濮间的水池上，有一座九曲雕栏石桥。桥的北端有一座石牌楼，牌楼两面各有联额。南面的楹联曰："日永亭台爽且静，雨余花木秀而鲜。"意为不论

图1-43 北海公园（灵极限提供）

晴天还是雨天，总让人感觉那样爽快宁静，花草的秀丽新鲜，让人心旷神怡。横额是"山色波光相罨画"，水光山色融为一体，像是由画中来。北面的楹联是："蘅皋蔚雨生机满，松嶂横云画意迎。"与南面楹联异曲同工，赞美了此处景致充满生机，

图1-44 罨画轩楹联（王禹坤摄）

好似一幅水墨画。横额是"汀兰岸芷吐芳馨",透过联额仿佛看到那满园的繁花,也闻到阵阵袭来的花香,不由心驰神往。(图1-45)

穿过石桥便来到濠濮间,濠濮间坐南朝北,东西长12米,南北宽6.4米,面积77平方米,厅房四周有16根柱子,内有8根柱子。房前有一副对联:"半山晨气林炯洄,一枕松声涧水鸣。"身在山间茂林之中,听着山涧水声入睡,安静闲适的生活总是让人心无杂念,身心舒适。横批"壶中云石",听来心静,想来神宁。

在北海南侧有一组建筑称为团城,在团城的中心位置是一座正方形古典建筑——承光殿。在这座大殿里,有两副楹联,其一曰:"九陌

图1-45　濠濮间牌楼上楹联（汇图网提供）

红尘飞不到,十洲清气晓来多。"意思是说:这里远离京城闹市的灰尘和噪音,每当黎明的时候,来自仙境的清正之气便汇聚于此。另一副为:"七宝庄严开玉镜,万年福寿护金瓯。"此联除了赞北海的壮丽美景,亦有祈愿福寿安康之意。(图1-46)

图1-46　承光殿内楹联(汇图网提供)

圆明园中的楹联

圆明园坐落于北京西北郊,与颐和园相邻,由圆明园、长春园和绮春园组成,也称圆明三园。圆明园占地5200余亩,建筑面积达16万平方米,是清朝著名的皇家园林之一,有"万园之园"之称。(图1-47)

圆明园是京西"三山五园"中规模最为宏大的一座园林,也是一座融合古今中外文化的综合性艺术博物馆。如果说风景如画的湖山林泉、丰富的馆藏宝物是这座皇苑的实物载体,那么园

内的楹联就是帝王精神的外化，它们赋予了这些建筑更多的内涵，构成了一处处别有意味的景观，成为御园的灵魂。

正大光明殿为圆明园正殿，听其名就有正气凛然之气势。正大光明殿外部建筑朴实无华，殿内装饰则金碧辉煌，仿照太和殿而建，彰显了皇权的至高无上。皇帝、皇后生日以及许多宴会和庆典均在这里举行。

正大光明殿有殿堂七间，中殿悬有雍正帝手书的"正大光明"匾额。殿中留有雍正帝亲手书写的巨额匾联："心天之心而宵衣旰食，乐民之乐以和性怡情。"上联意思是说，帝王要遵循天道，勤政为民；下

图1-47　圆明园景色（汇图网提供）

图1-48　北京圆明园正大光明遗址（李军朝／FOTOE提供）

　　正大光明位于圆明园大宫门之内，为圆明园四十景之首。正大光明为圆明园正殿。前为出入贤良门，左右有东西配殿五楹，分别为茶膳房、御书房、清茶房和军机处。

联是说要了解民情民意，实现和谐之治。此对联体现了雍正帝治国与休闲并举的双重想法。（图1-48）

　　勤政殿由许多个院落和宫殿建筑群组成，位于正大光明东，作用与紫禁城内的养心殿相似，是皇帝在圆明园听政和处理日常政务的场所。殿的外檐和内檐各有雍正帝御书"勤政殿"匾、"勤政亲贤"匾及"为君难"匾。可见雍正帝时时刻刻要求自己治国勤政。其《夏日勤政殿观新月作》诗中写道："勉思解愠鼓虞琴，殿壁书悬大宝箴。独揽万机凭溽暑，难抛一寸是光阴。丝纶日注临轩语，禾黍常期击壤吟。恰好碧天新吐月，半轮为启戒盈心。"（《四宜堂集》）以此说明他在圆明园消夏的日子里，没有一味休闲玩乐，而是辛苦批阅奏章、与大臣议政，甚至冒酷暑工作到深夜。

乾隆帝还为圆明园勤政殿题写一副楹联："懋勤特喜书无逸，揽胜还思赋有卷。"以勉励自己和后世子孙要勤勉于政，不要贪图安逸享乐。

联语雅韵

北京楹联里的记忆

2

修身养性，北京公园中的楹联

八大处中的楹联

在北京西山东麓的翠微山、卢师山以及平坡山附近,分布着八座庙宇,旧有"八刹"之称,所以就被称作西山八大处。八大处占地约140平方千米,距北京城区17千米。一直以"三山、八刹、十二景"闻名于世。现存寺庙多为明、清重建,山间林木茂盛,溪水潺潺,给人"心静"的安宁感。长安寺、灵光寺、三山庵、大悲寺、龙泉庵、香界寺、宝珠洞、证果寺这八座古刹依次排列,掩映在苍松翠柏之中,别有一番意境。

八大处公园的门前悬挂一副楹联:"斯文在天地,至乐寄山林。"天地、山林给我们带来了美景的同时,也带来了愉悦的心情。清空烦恼,置身于大自然中,享受内心的平静,才能体会到人间的至乐。(图2-1)

三山庵位于翠微、卢师、平坡三山之间,因此得名,始建于金代,距今已800多年。山门殿悬匾额"三山庵",两侧挂有楹联:"翰墨因缘旧,烟云供养宜。"三山庵外有一翠微茶社,可供游人饮茶赏山,前额题有"翠微入画"匾额,两侧轩柱上有楹联:"远水近山澄雾色,清风明月净禅心。"

图2-1　八大处公园门口楹联（王禹坤摄）

  龙泉庵是八刹中的第五处寺院，在北侧有听泉小榭，小榭为敞厅式，精巧别致。檐下横匾书"听涛山房"，题有"当户老松生夕籁，满山红叶入新诗"的木制楹联。乾隆帝也曾游览龙泉庵并题诗一首，称赞这里泉清林幽的景色。

  龙泉庵以北的香界寺，是八大处规模最宏大的一座寺庙。香界寺山门殿正中有一联："一竿竹影敲明月，半榻松风卧白云。"将竹影、松风通过"敲""卧"两个字具象化，与天上的月亮、云朵互为呼应，对仗工整，将天地融为一体，意境美妙。

在香界寺和宝珠洞之间，有一座关帝庙，是为了纪念关羽而修建的，庙里有一副奇怪的楹联。此联是用类似花鸟字的形式"绘"成的，上联是"日昍晶晿安天下"，下联是"月朋朤朤定乾坤"，横批是"亘古一人"。(图2-2) 这个怪联一时吸引了很多游人前来观看研究。这副楹联有许多奇怪之处。奇怪之一是读法。一种读法认为上联读为"日 nuǎn 晶 huá 安天下"，下联读为"月朋 suō luó 定乾坤"。还有一种读法为"日 zé 晶 lóng 安天下，月朋 bēi dǎo 定乾坤"。奇怪之二在于它的字形。它的上联是"日"字的一个个叠加，下联是"月"字的叠加，上联一共十个"日"字，下联一共十个"月"字，由此可见，确是用了一番心思。奇怪之三在于它的含义。历来人们对它的解释就不一，有人认为是赞扬关帝为人光明磊落，功勋卓著；也有人认为安天下非几日之功，定乾坤非数月之力，需要大家齐心努力才能实现。甚至还有的说是古代义军起

图2-2　八大处关帝庙楹联（王禹坤摄）

事时书写的暗语。中国汉字博大精深，个人理解也不尽相同。但每种理解，都有它的道理和哲学意义所在，都能让这些古字从历史中开出灿烂之花，照耀着中华文明。时至今日，对于这副楹联的读法和意义，也没有明确的解释。

中山公园中的楹联

北京中山公园位于天安门西侧,面积约23万平方米,是一座精美的具有浓厚民族风格的城市园林。(图2-3)原为辽、金时的兴国寺,元代改名万寿兴国寺,明代修建北京城时,按照《周礼》中左祖右社的规制改为社稷坛。孙中山先生死后曾在此停放灵柩,为纪念孙中山先生,1928

图2-3　中山公园(王禹坤摄)

图2-4 中山公园社稷坛（孙一泓摄）

年改名中山公园。

公园的主体建筑为社稷坛，是一座由汉白玉砌成的三层正方形的平台，位于轴线中心，象征着"天圆地方"。坛上铺着五种颜色的细土，按照南红、北黑、东青、西白、中黄的顺序排列，方位亦与我国的土壤分布一致。土台中央石柱被称为"社主石"或"江山石"，象征着皇帝"江山永固"。取五色土集于一处，也有着"普天之下，莫非王土"的寓意。在中国古代，"社"和"稷"分别指代土神和谷神，是农业社会最重要的根基，也是皇帝最重视的国家象征，为了祈求丰收使家国永

图2-5 唐花坞（汇图网提供）

固，每年春秋仲月上戊日清晨皇帝都会来此祭祀，凡遇出征、班师、献俘等也要到此举行祭祀仪式。（图2-4）

社稷坛东边的长青园，环境清幽，松竹相映。西边的唐花坞古朴庄重，呈燕翅形，是培育各种名贵花木的温室花房，一年四季春意盎然。（图2-5）

"春雨杏花江上客，明湖杨柳晚来风。"这则楹联则是出自春明馆。春明馆是景山公园被辟为城市园林后，于园内西侧修建的一座茶社，主营中式茶点。上联写绵绵春雨打落了杏花，杏花飘落水面，随流水四处

图2-6 来今雨轩楹联（汇图网提供）

漂泊，就像江上的旅客。下联写柳絮轻拂着如镜的湖面，那婀娜多姿的姿态，激起人们晚来的诗情，别有一番意蕴。再细看，其实它还是一副嵌头联，把"春明馆"中"春、明"两字嵌入联头，妙趣横生。

　　来今雨轩原是公园东路的一座茶室，过去社会名流、文艺人士经常于此聚会，1990年整体搬迁到现在的位置。来今雨轩得名于杜甫的"今夜不来旧雨来"的典故，在来今雨轩门外的抱柱前悬挂着"莫放春秋佳日过，最难风雨故人来"这副楹联。楹联似乎在提醒人们交友不要在乎名利，要以友谊为重。还有一副楹联"竹雨松风秋月，茶烟琴韵书声"，仿佛在描述一幅风景画。潇潇竹雨，阵阵松风，在这样的环境中调琴煮茗，读书赏

月，的确是无边风光的雅事。（图2-6）

中山公园就像北京城里一方安静的小岛，有种舒适的感觉，不管什么季节，都给人一种幽雅的享受。相比其他园林，虽然都是花木成行，草木亭台，大体没有过多变化，但这里明对暗，大配小，崎岖对平坦，刚柔相衬的布局，却有种禅意在其中。

景山公园中的楹联

景山公园西临北海，南与故宫神武门隔街相望。元代时这里只是一座小山丘，被称为青山。明代时，将拆除元宫殿后留下的碎石瓦砾和挖掘紫禁城护城河挖出的泥土堆放于此，称为万岁山。又因其位置正好在全城的中轴线上，成为皇宫北边的一道屏障，所以，也被称为"镇山"。每到重阳节，皇帝必到此登高远眺、赏花射箭。清顺治十二年（1655年），顺治帝将此山改名为景山。景山名称含义很是丰富：其一，景有高大的意思，期望这座高山作为皇宫的倚靠，镇守"龙脉"；其二，这里是皇宫的屏风，是帝后们"御景"之地；其三，景有景仰之意，使景山成为万民向皇权景仰的象征。康熙十九年（1680年）春，康熙帝登景山眺望京师，感叹春色怡人，美不胜收，遂题下"云霄千尺倚丹丘，辇下山河一望收"的诗句。（图2-7）

永思殿位于景山公园东北侧，坐北朝南，自成一院，是清朝帝后停灵的处所。前面是永思门，永思门东西各有三间配殿。其西暖阁有乾隆帝所题的楹联："一气感通昭陟降，万年嗣服式仪型。"大意为我们的行为感动天地，以至于降下光明和温暖，我们还应继承千万年来先人

图2-7 景山公园（汇图网提供）

的事业，以先人为典范。东暖阁亦有楹联："视听思无远，天心格有孚。"表达了百姓与君心感通，君为民谋平安，民敬服君主的思想。

观德殿也是一座相对独立的院落，里面有乾隆帝题的一副楹联："琴韵声清，松窗滴露依虫响；书帷夜永，萝壁含风动月华。"描绘了一幅琴声清幽灵动，松竹鸟虫窃窃私语，在一片绿意萌动、微风轻拂的环境里捧一本书，静静地读，好不惬意自在的怡人画面。康熙帝喜欢骑射，他登基以后，常在这里考验皇子和臣子骑射技艺。观德殿前面有两株古柏，当年皇帝演武时所骑的御用马匹就拴在这两棵柏树东面的御马圈中。康熙帝不仅亲自为皇子和臣子进行骑射示范，还将这两株古柏命名为"二将军柏"，并为观德殿东边的关帝庙题写了"忠义"匾额。为的是让八旗子弟不忘马背民族的骑射传统，同时提倡忠勇神武、亮节成仁的精神。

陶然亭公园中的楹联

陶然亭是清代名亭，现为中国的四大历史名亭之一。人们常说的陶然亭，并不是真正的亭子，而是慈悲庵内西侧的一座三间敞轩。一座亭子，就是一个故事，陶然亭也不例外。元代时这里曾是官窑厂，到了明清两代，依然沿袭元制，继续烧砖制瓦。因长年取土烧窑，所以出现了很多窑坑，慢慢地积水成湖，就形成了"陂陇高下，蒲渚参差"的风光。清康熙三十四年（1695年），工部郎中江藻监管窑厂，他见这边"面西有陂池，多水草，极望清幽，无一点尘埃气"，风景独好，景色俱佳，顿时心生欢喜之情，命人在此建小亭，不论是用来赏景，还是当作一处休息场所，都是不错的选择。数年后"彻亭而轩"，取唐代诗人白居易"共君一醉一陶然"一句中的"陶然"二字，陶然亭便以此得名。（图2-8）

陶然亭里楹联很多，在陶然亭檐下两旁抱柱上有翁方纲所撰的一副楹联："烟藏古寺无人到，榻倚深堂有月来。"翁方纲是清代的书法家和文学家，乾隆十七年（1752年）考中进士。乾隆三十八年（1773年），清廷开设四库全书馆，翁方纲被任命为《四库全书》纂修官，参

图2-8 陶然亭楹联（汇图网提供）

与《四库全书》的编修。在北京任职期间，翁方纲曾与黄景仁同游陶然亭，并为陶然亭撰写了这副楹联。联语描写了旧时陶然亭的景致。京城是达官显宦聚集之地，人际关系复杂，大小官员们时时处于精神紧张的状态，偶然在城内发现这样一处清净之地，面对这"无人""有月"的古寺，感觉进入世外桃源一般。上联写白天的清静，古寺被烟雾笼罩，无人到此；下联中夜晚安谧，深堂处于树林之中，只有明月照映进来。将"无人"与"有月"对比，展现了庵堂的幽深绝世，有着超凡脱俗的境界，表达了作者向往恬适自在生活的心情。

在陶然亭东面有副对联："慧眼光中，开半亩红莲碧沼；烟花象外，坐一堂白月清风。"这是康熙十八年（1679年）的进士沈朝初所题，描绘了一幅可以媲美江南的美丽景色。此联从另一角度描绘了陶然亭的景致。烟花象外，慧眼光中，是一片清静之地，"半亩""一堂"表明这片清静之地并不很大，但是只要有红莲、有白月，也就足够了。作者用"慧眼""象外"等佛语传递了这座"世外桃源"的胜景。

园内有一文昌阁，为雍正年间建造，阁前有一副楹联极妙："爽气抱西山，窗外峰峦挑笔阵；文光凌北斗，花间楼阁接天梯。"清朝每三年举行一届会试，全国举子汇集北京，住在南城的各地会馆中，闲暇时来此求签问卦，保佑考试顺利。据传，乾隆年间，慈悲庵住持邀请大学士纪晓岚从唐诗中集句，制作了"文昌阁灵签"100首，供前来的文人士子们抽签，以问卜吉凶。此后，来文昌阁抽签成了到陶然亭游览的又一惯例。（图2-9）

除此之外，这里还有很多名联。鸦片战争时期主张严禁鸦片、抵抗侵略的爱国政治家林则徐也曾为陶然亭题联："似闻陶令开三径，来与弥陀共一龛。"当时已辞官回乡的林则徐在家乡父老的劝说下决定重新出仕，回京后的他内心充满了忧患之情，心情惨淡，独自来到陶然亭写下此联。此联为流水对，上下文意一贯。上联"陶令"指的是东晋诗人陶渊明，陶渊明在《归去来兮辞》中有"三径就荒，松菊犹存"句，此联引用"三径"一词代指隐居。下联"弥陀"泛指佛像，"一龛"与"三径"相对，指庵庙的环境。联语中用陶渊明的"陶"字借指陶然亭，展现此地清幽的环境，也体现林则徐向往田园生活的心态。此联也被称为陶然亭"第一联"。

清朝诗人龚自珍科举落第后，在陶然亭壁上题写："楼阁参差未上灯，菰芦深处有人行。凭君且莫登高望，忽忽中原暮霭生。"慈悲庵院

图2-9 陶然亭公园内文昌阁楹联（汇图网提供）

图2-10　陶然亭公园李大钊纪念室内的雕像和展览（王琼/FOTOE提供）

内的陶然亭还是许多先进人物和革命志士秘密集会、进行革命活动的场所。清末，康有为、梁启超、谭嗣同等人曾在这里计议变法维新。中华民国初年，孙中山来北京在陶然亭参加过集会。五四运动前后，中国共产党的创始人之一李大钊在此举行会议和革命活动。（图2-10）

　　关于陶然亭还有不少脍炙人口的名联。如王以敏的"珠帘暮卷西山雨，阁道回看上苑花"，赵曾望的"四面常时对屏嶂，众仙同日咏霓裳"，稚辛题的"十朝名士闲中老，一角西山恨里青"，张照珏的"爽气挹山岚，万苇清风带古寺；高踪怀水部，一轮明月照江亭"。可以说陶然亭的美，不仅在于风景宜人，更在于其所蕴含的中华文化之美。

联语雅韵

北京楹联里的记忆

3

蕴含智慧,寺庵庙观中的楹联

北京孔庙和国子监中的楹联

　　庙宇，是中国古代祭祀神佛的场所，除了传说中的神话人物外，一些有名的历史人物也被后世通过庙宇的形式来纪念和崇拜，如武侯庙祭祀诸葛亮、关帝庙祭祀关羽、屈原庙祭祀屈原，等等。自汉代"罢黜百家，独尊儒术"以来，孔庙也成为古代社会中最为重要的祭祀场所之一。

　　北京孔庙始建于元代，同时根据"左庙右学"的礼制在西侧建国子监，形成"庙学合一"的规制，即学在庙中、庙中有学。明、清两代均沿用旧址，历史上多有改建，北京孔庙与太庙、历代帝王庙并称北京三大皇家庙宇。

　　北京孔庙和国子监历经元、明、清三代，是皇家祭祀至圣先师孔子的专门场所，同时也是国家最高学府和教育管理机构，自元代以来便成为中国科举教育体系的中枢机构。1905年清政府废除科举制度，设立学部管理全国教育，国子监被撤销，其职能也被归并学部，国子监的历史功能就此结束。如今，孔庙和国子监已经成为一座博物馆，致力于传承并弘扬国学文化。（图3-1）

图3-1　如今的孔庙和国子监博物馆（汇图网提供）

　　孔庙占地2.2万多平方米，为三进院落。主体建筑沿中轴线分布，依次为先师门、大成门、大成殿、崇圣门和崇圣祠。前院东面有宰牲亭、神厨和井亭，用于祭孔三牲的宰杀和烹制；西面有致斋所和神库，用于礼器的存放和祭品的制备。前院两侧还排列着元、明、清三代进士题名碑，每名进士的姓名、籍贯、名次都刻在其上，是研究我国科举制度的珍贵实物资料。中院北面为孔庙的中心建筑大成殿，院内有历代皇帝御制碑的御制碑亭。后院的崇圣祠独立成院，是供奉和祭祀孔子先人牌位

图3-2　孔庙大成门（王禹坤摄）

的地方。三座院落集合成孔庙完整的古建筑群落。（图3-2）

　　国子监又称太学，占地面积2.7万多平方米，整体建筑坐北朝南，同样为三进院落，中轴线上依次排列着集贤门、太学门、琉璃牌坊、辟雍大殿、彝伦堂和敬一亭。古代在国子监读书的学生称为监生，国子监不仅接纳来自全国各地的贡生，还接待外国留学生，为培养国内人才、促进中外文化交流起到了积极作用。国子监以其悠久的历史、独特的建筑风貌、深厚的文化内涵而闻名于世，被称为中国最具历史底蕴和文化气

图3-3　国子监街上的高大牌楼，体现了国子监在科举体系的地位（王禹坤摄）

息的古迹之一。（图3-3）

孔庙和国子监内的楹联和匾额是中国古代建筑中最规范、最能凸显匾联教化功能的，其内容大多与追求功名和提升个人修为有关，有着浓郁的儒学风范，体现出极高的思想境界。

大成殿是孔庙的中心建筑，是举行祭祀孔子大典的正殿。由于孔庙在封建社会中的重要地位，大成殿悬挂有多副清朝皇帝的御笔匾联。最初殿内正中梁架上悬挂有康熙帝御笔匾额"万世师表"，此后该匾成为孔庙的规制匾额，全国各地的大小孔庙皆于大成殿中悬挂此匾。康熙之后，雍正、乾隆、嘉庆、道光、咸丰、同治、光绪、宣统等八位清朝皇帝均为大成殿题写匾额，匾额按照"昭穆之制"分居"万世师表"匾左右。清朝覆灭后，为消除清廷的政治影响，时任中华民国大总统的黎元洪将殿内的清帝匾额全部摘下，并仿旧制题写"道洽大同"匾额挂于殿中。1983年恢复孔庙旧貌时，将清帝匾额按原有的顺序重新排列悬挂。为了更好地重现那段历史，博物馆工作人员并未取下黎元洪的"道洽大同"匾，而是将康熙帝的"万世师表"匾移至殿外前檐，北京孔庙由此成为全国唯一一座于殿外悬"万世师表"匾的孔庙。（图3-4）

图3-4　北京孔庙大成殿（王禹坤摄）

图3-5 大成殿匾额楹联（汇图网提供）

殿内挂有两副楹联，均为乾隆帝御笔，其一为："气备四时，与天、地、鬼、神、日、月合其德；教垂万世，继尧、舜、禹、汤、文、武作之师。"上联"气备四时"出自《世说新语》："褚季野虽不言，而四时之气亦备。"此处指孔子的气度宏远，顺应四时。后半段典出《周易》："夫大人者，与天地合其德，与日月合其明，与四时合其序，与鬼神合其吉凶。先天而天弗违，后天而奉天时。天且弗违，而况于人乎？况于鬼神乎？"赞扬孔子的德行与天地相合，万物相感，遵循天道。下联概括自韩愈《原道》"尧以是传之舜，舜以是传之禹，禹以是传之汤，汤以是传之文、武、周公，文、武、周公传之孔子"，指孔子的思想继承自尧、舜、禹、商汤、周文王、周武王、周公等上古圣贤，是传承和发扬天道，承上启下的"正统"，充分肯定了这位"万世师表"的崇高地位。(图3-5)

另一副联为："齐家、治国、平天下，信斯言也，布在方策；率性、修道、致中和，得其门者，譬之宫墙。""齐家、治国、平天下"出自《大学》，这句话不仅是《大学》一篇的主题，甚至可以说体现了整个儒家思想的核心。"率性、修道、致中和"出自《中庸》："天命之谓性，率性之谓道，修道之谓教。"是说上天赐予人的气质叫"性"，按照"本性"去做事称为"道"，培养做事的"道"便是教育，通过教育达到"中和"，即不偏不倚、万物各得其所的境界。整副联化用儒学经典概括了儒家的主要思想，表明要将儒家的思想作为国家在伦理、政治、哲学上的基本纲领，成为全社会共同履行的社会信约，只有遵从儒家的伦理教化，才可以使个人的品性得到修养，使世间万物各得其所，实现和谐有序的发展。

国子监的核心建筑为辟雍大殿，始建于乾隆年间，是皇帝讲学的殿堂。过去皇帝讲学主要是在彝伦堂，乾隆四十八年（1783年），乾隆帝下旨修建辟雍，次年冬天完工。大殿规模雄伟，有上下两重屋檐，上覆黄色琉璃瓦，正面屋檐下悬挂的"辟雍"匾额为乾隆帝御笔。乾隆五十年（1785年），即辟雍建成后的第二年，乾隆帝到国子监辟雍大殿举行了首次"临雍讲学"，场面恢宏，声势浩大，可谓盛况空前。(图3-6)

辟雍大殿正中高悬"雅涵於乐"匾额，为乾隆帝御笔，典出《大雅·灵台》"於（wū）乐辟廱（yōng）"一句。"乐"是中国古代贵族子弟学习的六艺之一。此匾意为圣人的大道在"乐"中，通过学习礼乐，君臣上下便能人际和谐，百姓万民便能生活和睦，以达到统治者谋

图3-6 国子监辟雍大殿（王禹坤摄）

求的中正之道。匾额下方乾隆帝御题楹联为："金、元、明宅于兹，天邑万年今大备；虞、夏、殷阙有间，周京四学古堪循。"上联是说北京城自金朝时便建为都城，历史悠久，时至今日有了这座辟雍才算合乎古人建都的礼制和规范，形制完整；下联指辟雍的样式按照文献记载来修建，遵循周朝古制。此联意为表彰自己所建的辟雍大殿遵从典章制度，合乎儒家最为看重的礼制，同时补充了前朝太学的不足，是足以流芳后世的杰作。乾隆之后，嘉庆、道光、咸丰三帝也都曾"临雍讲学"并御题匾联，可惜如今只留道光"涵涌圣涯"、咸丰"万流仰镜"两匾悬于

图3-7 辟雍大殿内景及楹联（汇图网提供）

殿内，楹联皆已遗失。同治之后，国力衰弱，再无举行"临雍"大典。

（图3-7）

灵光寺中的楹联

在北京石景山区翠微山脚下,有八座各具特色的古刹依山而建,被称为西山八大处。在这八座古刹中,最有名的要数"八大处"第二处灵光寺了,寺内有一座高大宏伟的佛牙舍利塔,每天都有来自五湖四海的游人和信众前来参拜。(图3-8)

灵光寺始建于唐代大历年间,原名龙泉寺,金代时改称觉山寺,明代后几经修缮和扩建,并改名为灵光寺延续至今。灵山寺依山而建,山门殿面朝东南,院内古树参天,苍秀清雅,殿堂巍峨,风景秀美,原有五进庙堂,现存大悲院、金鱼池院、塔院三处院落。寺内楹联众多,留存完整,极具特色,使这座千年古刹更具文化内涵。

寺院南部东侧为大悲院,大悲院的主体建筑为大悲阁,供奉有一尊千手观音像。大悲阁面阔三间,檐下悬挂"觉海澄圆"匾额,两侧楹柱上有抱柱联:"积善有徵,受德之佑;笃心自守,与道合符。"意为多行善事既可以得到先人的护佑,又可以保佑自己的后代子孙,劝人积德行善,坚其操守。

大悲院西侧为金鱼池院。金鱼池也称放生池,为人工开凿的池塘,

图3-8 灵光寺佛牙舍利塔（汇图网提供）

用于放养鱼、龟等水生动物，为信众积累功德，体现佛教"慈悲为怀，体念众生"的心怀。金鱼池营建于乾隆年间，池水来自西侧悬崖峭壁间的山泉，咸丰年间在其中放养金鱼。池中有一座亭名水心亭，通过一座小巧精致的汉白玉拱桥与池对岸相连。据说有一年初秋，慈禧来到水心亭观鱼，颇具灵性的金鱼聚集在慈禧面前游来游去，慈禧一时高兴便命随行捉来其中一条三尺长的金鱼封为"领头"，并摘下金耳环戴在鱼鳃上。从此，"水心亭观鱼"便成了游览灵光寺的一大趣事。水心亭内悬有"莲池"木匾额，亭柱上有抱柱楹联："松风荷月含泉籁，青石白云为枕屏。"联语意境唯美，让人有进入世外桃源之感。（图3-9）

金鱼池北侧有一组水榭式建筑称归来书苑，旧时称归来庵，为清末直隶总督端方所建，是他被罢官革职后在西山礼佛参禅，吟诗作画，品鉴文玩的归隐之处。现堂前有端方所撰楹联："田园松菊岂无意，魏阙江湖同此心。"可见其虽被罢官，寄情山水，但仍心系朝廷，渴望出仕的心情。端方在此收藏有诸多佳联，如清代著名书法家铁保所写的"较量世上无穷乐，罗列人间未有书"，清末状元刘福姚所作的"岩姿壑籁有神会，鄀雨湘烟来画图"等。近代政治家徐世昌也曾为此处题联："缘石菖蒲蒙绿发，缠松薜荔长龙鳞。"

金鱼池西南不远处原有一坐北朝南的三合院，旧时称韬光庵，光绪初年建造。翁同龢、吴大澂、伍崇学等清末文人皆为此处撰写过匾联，只可惜历经战乱，年久失修，现已无存。

灵光寺塔院中地藏殿前有几座愿幢。其中一座为砖石结构，方形幢帽有青石制十三重相轮，形制少见，石额刻有"寂天常照"四字，两侧青石幢柱镌联："寿征极乐无央数，幻宰婆娑九十秋。"在砖石愿幢下方有两座愿幢分居左右，皆为汉白玉雕制，晶莹洁白，形制相同。左侧愿幢未记年代，额镌"不生不灭"，幢柱上镌馆阁体楷书联："偶来东土

图3-9　八大处公园金鱼池（汇图网提供）

居香界，此去西方认故庐。"右侧愿幢额镌"当机普应"四字，幢柱镌联："妙心常寂光无量，净土重来信有征。"

白云观中的楹联

　　白云观，位于北京西城区西便门外，始建于唐代，最初叫天长观，用来奉祀老子。金代末年重建，改称太极宫。元代时，道教全真道长春真人丘处机在此掌管全国道教，更名为长春宫，成为北方道教的中心。

图3-10　白云观（汇图网提供）

丘处机去世后，其弟子在长春宫东侧建白云观，此后历经战乱，历史上多次重建和修缮，现在白云观的规制形式为康熙时扩建形成的。白云观与陕西重阳宫、山西永乐宫并称为全真道三大祖庭。（图3-10）

白云观的创立和发展与丘处机有着极深的渊源。丘处机为王重阳座下"全真七子"之一，四处游学，钻研道学知识，后成为全真道掌教。正大四年（1227年），丘处机在长春宫逝世。丘处机去世后，人们将其生辰正月十九定为燕九节，至今每年农历正月十九都会在白云观举行盛大的庙会活动。（图3-11）

白云观内珍藏着无数稀世珍宝。观内有一尊唐代的石刻老子像，神态自然、栩栩如生，含蓄中显露出一代宗师的大德睿智；赵孟頫书写的

图3-11　北京白云观丘祖殿内的丘处机应召西行、赴雪山会见成吉思汗悬塑（谭伟／FOTOE 提供）

《道德经》石刻，笔法遒劲有力，艺术价值难以言喻。此外，白云观各进院落和殿阁的楹联极为丰富，可谓博大精深、精妙绝伦，充分展示了中华文化的深邃底蕴。

　　进入白云观，首先映入眼帘的是照壁上镶嵌的"万古长春"四字琉璃雕砖，为元代书法家、"楷书四大家"之一的赵孟𫖯所写。照壁对面山门前的木结构牌楼称为棂星门，正面书"洞天胜境"，背面写"琼林阆苑"。（图3-12）

图3-12　白云观棂星门（全景网提供）

山门内为灵官殿，面阔三间，进深一间，内奉王灵官像。灵宫殿后为玉皇殿，殿内供奉玉皇大帝神像，殿外两侧楹柱上有联："巍峨咫尺天，执掌阴阳生万物；浩荡神灵地，观看善恶易分明。"（图3-13）

玉皇殿的西配殿是财神殿，供奉比干、赵公明、关羽三位财神，此殿有两副楹联，一为："福自天申财源广，禄马扶持大吉祥。"在中国神话传说中，人的禄位由天授予，而负责送禄到人间的是一匹骏马，因此常用"禄马"代指功名。另一联为："有德斯福，招财纳珍自来驻；

图3-13　玉皇殿楹联（王禹坤摄）

不义岂昌,财官利市求也无。"此联是说想要发财必须要有德行,不义之财不会受到财神的保佑。比干是纣王的叔父,被剖心而死,没有私心,所以才会公正,关羽是忠义的象征,劝化拜神之人取财必须有道。(图3-14)

穿过玉皇殿向北是老律堂,过去也称七真殿,供奉"全真七子",即王重阳七位真传弟子的塑像,居中为丘处机,刘处玄、谭处端、马钰、王处一、郝大通、孙不二分列左右。这里也是观内道士日常诵经、活动、举办法会的场所。殿外抱柱楹联为:"五祖开宏恩,济世有功当崇敬;七真守密旨,劝君无欲道自成。"描述了王重阳仙逝后,七位弟

图3-14 财神殿(王禹坤摄)

图3-15　老律堂楹联（王禹坤摄）

子谨守本心修道自称，各立支派，为全真道的传播立下功劳。殿内有楹联："入真门，秉真心，参透真玄，真自在；来妙理，达妙境，展开妙道，妙神通。"赞颂了七位真人修行悟道的过程。（图3-15）

老律堂西侧为药王殿，供奉妙应真人"药王"孙思邈，孙思邈著有《备急千金要方》，被称为中国第一部临床医学百科全书，他认为"人命至重，有贵千金"。殿外抱柱楹联为："弃爵位，著千金，精究医药行阴德；辞珠宝，取仙方，济世救人心存慈。"为当代书法家沈鹏所书。殿内供像两侧有联:"除病解危,千金仙方普受惠;坐虎针龙,广施慈悯救众生。"此二联赞扬了孙思邈"大医精诚"的思想,表现了后人对他人品和医德的敬重。(图3-16)

老律堂东配殿为救苦殿,也叫宗师殿,供奉太乙救苦天尊。殿外有抱柱楹联:"青华宫中,紫雾露光拥狮座;骞林树下,寻声赴感救众生。"殿内楹联为:"七宝骞林演说回生之道,九光莲座提携返魄止真。"此二联描述了太乙天尊拯救众生的情景。(图3-17)

白云观西边有一座独立院落,由两座大殿组成。其一为八仙殿,奉

图3-16 药王殿殿外楹联(王禹坤摄)

图3-17 救苦殿殿外楹联（王禹坤摄）

祀钟离权、吕洞宾、张果老、曹国舅、铁拐李、韩湘子、蓝采和、何仙姑，即民间常说的八仙，殿有楹联："紫气太空显道法，白云深处藏神仙。""紫气"指祥瑞的光气，过去被视为帝王、圣贤出现的征兆，"白云"则借指白云观。八仙殿以北为吕祖殿，建于光绪十三年（1887年），奉祀全真道祖师吕洞宾，殿中有联："一枕黄粱，点破千秋大梦；九转丹诀，炼就万劫真仙。"此联叙述了吕洞宾修道成仙的传说故事。

联语雅韵

北京楹联里的记忆

4

妙笔生花，院舍堂馆中的楹联

在北京，有一种建筑叫四合院。所谓"四合"，"四"指东、西、南、北四面，"合"即四面房屋围在一起，形成一个"口"字形。这个"口"就是院子的中心，中心为院，这就是合院。说起这四合院，其实不只是北京有，在中国的南北方都存有不少的四合院式建筑。如今随着社会的发展和现代生活的需要，万丈高楼平地起，四合院的居住功能日益减弱，小部分被保留下来的四合院逐渐成了文物景点。

常看电视剧中上演老北京的故事，"我去后院看看""前院的来了"，这所谓的后院和前院，其实都是一个院子的。传统的四合院不止一种形态，"口"字形的称为一进院落，"日"字形的称为二进院落，"目"字形的称为三进院落。另外还有四进院落、五进院落。大门的式样和尺寸、门的位置也都是有讲究的。过去的老北京人十分讲究家风家教的培养，京城百姓家家户户门上刻有楹联，展现家庭风貌，保佑全家平安，形成了独具特色的北京四合院楹联文化。

老北京四合院中的楹联

北京的四合院在某种程度上成了历史的见证者,承载着一座城市的文明与进步,如同一部史书,书写着生活的变迁和美好。走在北京胡同中,匆匆闪过的一个个门联向我们传达着主人的爱好、理想,诉说着生活中的喜怒哀乐、酸甜苦辣。(图4-1)

图4-1　老北京四合院(灵极限提供)

在老北京四合院，有一种长年累月都能见得到的楹联，称为门板楹联，这种楹联直接雕刻在两扇门板上，刻完字后上漆，或红底黑字，或黑底红字，美观的同时保证联语经得起日后的风吹日晒。在自家门上镌刻门联，也曾是广泛流行于京城普通人家的一道风景线。我们知道，一般人家的四合院大门平日里呈关闭状态，给人一种幽静、安谧的感觉。那里面有多少故事，住的是什么人，都会引起大家的好奇。但是门口那些风格不同、内容丰富的楹联，是整个四合院的"封面"，有着丰富的内涵，就像一个小窗口，或多或少能给我们一些启发。有点像我们现在发朋友圈，做教师的，转发的多是关于教育的信息；做代购的，发的多是商品信息。四合院的楹联也如此，百个院，百个样，因为大家的期许和愿望各不相同，所以楹联内容不可能都一样。比如"忠厚传家久，诗书继世长"，是过去胡同里最常见的一种楹联，我们现在还经常用，简单易懂，老少一看就明白，还能表现出主人的生活态度，体现了那时的人们对传统文化道德的推崇和对修身、立德、求知的渴望与重视。"孝友可为子弟箴，平安即是家门福。"意思也直白，孝悌友爱可以作为子弟的箴言，平安就是一个家庭最大的福气。没有太多的物质追求，却是老百姓内心愿望最质朴的表达。"文章雅夺山川秀，华美分来日月光。"一看这楹联，立刻就能联想出一幅读书学习的画面，这多半是个书香世家，精神追求也很高。（图4-2）

图4-2 "文章雅夺山川秀，华美分来日月光"门板楹联（灵极限提供）

这些门联虽然书于寻常百姓家,但门联做工精细,讲求笔法,真草隶篆,无所不包,给人以美的享受。主人用它向外界传达自己的志向、修养、审美情趣,也是一种文化的熏陶。正如冰心在《再谈我家的对联》中写的一样:"孩子们天天眼里看着,口里念着,耳濡目染,潜移默化,对于他们人格的培养,是有很大的好处。"充满浓郁中华传统文化气息的楹联,也是我们对四合院念念不忘的原因吧。

下面我们就来领略老北京四合院楹联的风采。虽然百院百样,但是四合院楹联大体可归纳为以下几种:

人生哲理类:这类楹联揭示了许多做人与做事的深刻道理。

如崇文门外大街原44号的"社会无信难自立,团体有志事竟成",西四北头条27号的"德成言乃立,义在利斯长",魏家胡同39号的"敦行存古风,立德享长年",銮庆胡同11号的"修身如执玉,积德胜遗金"(图4-3),安国胡同26号的"德厚延寿考,顺道守中庸",草厂横胡同33号的"忠厚留有余地步,和平养无限天机",演乐胡同94号的"积善有余庆,行义致多福",南柳巷29号的"道因时立,理自天开",府学胡同34号的"善为至宝一生用,心作良田百求耕",粉房琉璃街79号的"传家有道惟存厚,处世无奇但率真",等等。

图4-3 "修身如执玉,积德胜遗金"门板楹联(灵极限提供)

修德劝学类：这类楹联数量最多，主要是劝诫后辈子孙修学向善。

如"业精于勤而荒于嬉，行成于思而毁于随"，劝导人们学习要勤奋，做事要多思考，有规划。"书山有路勤为径，学海无涯苦作舟"，指努力读书。再如草厂十条32号、温家街5号和兴华胡同13号（陈垣故居）等很多四合院都书刻"忠厚传家久，诗书继世长"（图4-4）。还有南芦草园胡同12号的"忠厚培元气，诗书发异香"（图4-5），三福巷4号的"立德齐今古，藏书教子孙"，得丰西巷9号的"绵世泽莫如为善，振家声还是读书"，西打磨厂56号的"润身思孔学，德化仰尧天"，中芦草园胡同3号的"文章利造化，忠孝作良园"，草厂三条5号的"诗书修德业，麟凤振家声"，粉房琉璃街65号的"为善最乐，读书便佳"，长巷四条5号的"闻鸡起舞，秉烛夜读"，等等。

图4-4 "忠厚传家久，诗书继世长"门板楹联（汇图网提供）

图4-5 "忠厚培元气，诗书发异香"门板楹联（灵极限提供）

理想追求类：这类楹联反映了宅院主人的道德情操或理想抱负。

如西四北二条4号的"养浩然正气，极风云壮观"，花市中三条53号的"松柏古人心，芝兰君子性"，草厂六条12号的"恩承北阙，庆洽南陔"，东南园胡同49号的"历山世泽，妫水家声"，东北园北巷9号的"物华民主日，人杰共和时"，和平巷22号的"门前种杨柳，院落扫梨花"，薛家湾48号的"栽培心上地，涵养性中天"，前门西河沿152号的"笔花飞舞将军第，槐树森荣宰相家"（图4-6），长巷四条5号的"楼高好望月，室雅宜读书"，西四北二条6号的"居敬而行简，修己在安人"，西四北二条7号的"平生怀直道，大地扬仁风"，前门西河沿154号的"江夏勋名绵旧德，山阴宗派肇新声"（图4-7），草厂二条26号的"宗高惟泰岱，德盛际唐虞"，豆角胡同11号的"努力崇明德，随时爱

图4-6 "笔花飞舞将军第，槐树森荣宰相家"门板楹联（汇图网提供）

图4-7 "江夏勋名绵旧德，山阴宗派肇新声"门板楹联（汇图网提供）

光阴",等等。

祈福纳祥类:这类楹联反映的是宅院主人对美好生活的期盼和咏叹。

如梁家园西胡同25号的"家祥人寿,国富年丰",中芦草园胡同23号的"国恩家庆,人寿年丰",灯市口西街17号的"时和景泰,人寿年丰",西四北头条23号的"九州承泰,四季长春",五道营胡同47号的"家吉征祥瑞,居安享太平"(图4-8),兴盛胡同12号的"瑞霞笼仁里,祥云护德门",草厂七条9号的"登仁寿域,纳福禄林",培英胡同33号的"门前清且吉,家道泰而康",南芦草园胡同17号的"聿修厥德,长发其祥",杨梅竹斜街13号的"山光呈瑞象,秀气毓祥晖"(图4-9),等等。

图4-8 "家吉征祥瑞,居安享太平"门板楹联(全景网提供)

图4-9 "山光呈瑞象,秀气毓祥晖"门板楹联(汇图网提供)

经商生意类：这类楹联有的反映了宅院主人经营的行业，有的透露出经商之道。

如"定平准书，考货殖传"，这副楹联的确挺深奥，用典均是古代论述经济的著作。《平准书》为《史记》八书之一，主要记载西汉初年到汉武帝即位这段时期的经济状况，叙述了汉武帝时平准均输政策的由来和形成背景。"货殖"即靠贸易生财求利的意思，出自《史记》中的《货殖列传》。

"全球互市输琛赆，聚宝为堂裕货泉"和"增得山川千倍利，茂如松柏四时春"（图4-10）均出自钱市胡同。钱市胡同可不是一般的胡同，是清代官办的银、钱交易市场，清代东城的"金融中心"。这些门联，也是当时商人们企盼事业兴旺的真实写照。

从楹联也能看出院内人家经营的品类。如北大吉巷43号的"杏林春暖人登寿，橘井宗和道有神"，表明主人是中医世家；西打磨厂50号的"锦绣多财原善贾，章国集腋

图4-10 "增得山川千倍利，茂如松柏四时春"门板楹联（灵极限提供）

图4-11 "锦绣多财原善贾，章国集腋便成裘"门板楹联（厶力/FOTOE提供）

便成裘"（图4-11），表明宅院主人很可能是经营皮毛的商人；苏家坡胡同89号的"恒足有道木似水，立市泽长松如海"，表明宅院主人是做木材生意的。

南晓顺胡同16号的"源深叶茂无疆业，兴源流长有道财"，东八角胡同12号的"生财从大道，经营守中和"，东晓市街2号的"生财有道惟勤俭，处世无奇但率真"等则言明了经商之道。

阅微草堂中的楹联

阅微草堂即清代文学家纪晓岚的故居,位于北京市西城区珠市口西大街241号,属北京市级文物保护单位。此院最早为岳飞二十一世孙、雍正朝权臣岳钟琪的官邸,纪晓岚在这座院子中前后共住了62年。阅微草堂是纪晓岚为自己的书斋起的名字,名称出自他的一首诗:"读书如游山,触目皆可悦。千岩与万壑,焉得穷曲折。烟霞涤荡久,亦觉心胸阔。所以闭柴荆,微言终日阅。""阅微"二字既谦虚地表明自己阅历少,有待于学习更多的知识,又表达了对自己的忠告,提醒自己要经常阅读,从书中汲取营养。(图4-12)

现在提起纪晓岚,相信不少人对他的认识主要来自《铁齿铜牙纪晓岚》这部电视剧。整部剧既有诙谐幽默的对白和令人捧腹的桥段,又有扣人心弦的情节和发人深思的故事,让人欲罢不能。剧中的和珅是大贪官,能说会道,心眼也多,但是只要纪晓岚一扬起那半米长的烟袋,和珅就得倒霉,吃尽苦头。

那历史上的纪晓岚是什么样的人呢?纪晓岚本名纪昀,字晓岚,雍正二年(1724年)生于直隶献县(今河北省献县),乾隆十九年(1754

图4-12　如今的纪晓岚故居（汇图网提供）

年）考中进士，进入翰林院任职，历任左都御史、兵部尚书、礼部尚书、协办大学士、太子太保，官至从一品。纪晓岚为人幽默、机敏多变、才华出众，为后世留下了许多趣话，素有"风流才子"和"幽默大师"之称。他一生历经雍正、乾隆、嘉庆三朝，去世时享年82岁，如此高寿与他乐观的性格也不无关系。（图4-13）

纪晓岚一生最知名的功绩便是作为总编纂官负责了《四库全书》的编修。《四库全书》由乾隆皇帝主持编修，历时13年修成，是中华传统

图4-13 纪晓岚画像,北京纪晓岚故居(杜雪琼/FOTOE提供)

图4-14 北京纪晓岚故居内的"四库书房",纪晓岚在此编撰了《四库全书》(杜雪琼/FOTOE提供)

文化最丰富、最完备的集成之作。电视剧中的纪晓岚和乾隆帝亲如兄弟,与和珅斗智斗勇,而现实中的纪晓岚比和珅足足大了26岁,自然与剧中的形象差别很大。不过二人共同参与编写《四库全书》时,在工作和生活中多有接

触和交流，堪称忘年交，亲密的时候远比对立的时候多得多。（图4-14）

《阅微草堂笔记》是纪晓岚的另一部传世巨著，具有很高的思想、学术和文献价值。纪晓岚晚年时在家中写作此书，用了近十年的时间，是一本短篇志怪小说，类似《聊斋志异》，文笔简约，故事简短。书中讲述的是神狐鬼怪、因果报应的奇闻逸事，但实际上影射了当时官场的黑暗和腐败，抨击了"存天理，灭人欲"的假道学，宣扬善有善报、恶有恶报，很受百姓的欢迎。鲁迅先生评价《阅微草堂笔记》："隽思妙语，时足解颐；间杂考辨，亦有灼见。"在当时的环境下，敢于借文章抨击社会的人，还真是不多，可见纪晓岚的勇气不是一般人能比的。

（图4-15）

图4-15 《四库全书简明目录》与《阅微草堂笔记》（汇图网提供）

清代时，楹联文化已经进入成熟期，不仅楹联的创作相当普遍，而且从宫廷到民间，佳作层出不穷，这些楹联或抒发感情，或戏弄人生，或针砭时弊，或表达雅兴，旁人可从中体会作者题联时的心情。如今纪晓岚故居只剩一个不大的院落，但仍能从院内的楹联中窥见一位博览群书的学士的形象。

故居与旁边的饭店共处一院，后来专门辟出西侧院落恢复阅微草堂旧貌，正门悬挂的"纪晓岚故居"匾额为纪晓岚六世孙纪清远先生题写。进入院子，四角缀有草坪，正西侧有一个绿面红沿的大鱼缸。院内的海棠树据说是纪晓岚亲手栽种的，已有200余年树龄。院南侧房原为一进院的正房，房前有抱柱楹联："虚竹幽兰生静契，和风朗日惬天怀。"（图4-16）虚竹、幽兰、和风、朗日指的都是阔达清新的景物和景

图4-16　阅微草堂前的抱柱楹联（汇图网提供）

色。此联意为清雅的竹和幽静芬芳的兰可以滋养静谧的心气，和煦的清风和明朗的天气可使人发自内心地感到满足。观此联，可以想象到晚年的纪晓岚泡一壶茶，叼一根水烟袋，坐在躺椅上，享受雅致安心的惬意生活。

北侧房即为阅微草堂，房前楹柱上有抱柱联："岁月舒长景，光华浩荡春。"为纪晓岚于乾隆年间所作。进入屋内，明间悬有"阅微草堂旧址"匾额，为当代著名书法家启功所写。两侧房柱有联："万卷编成群玉府，一生修到大罗天。"此联为纪晓岚年届八旬时，清代书法家梁同书题写的祝寿联。"群玉府"是帝王藏书的地方，"大罗天"指最高境界。上联写纪晓岚编纂《四库全书》等史籍的贡献极大，功绩极高，下联则写纪氏实现了做人的理想和价值。（图4-17）

图4-17　阅微草堂楹联（汇图网提供）

联语雅韵

北京楹联里的记忆

5

海纳百川，象牙塔中的楹联

北京大学中的楹联

北京大学校园又称燕园,在明清两代是著名的皇家园林。校园北与圆明园毗邻、西与颐和园相望。校园内古树参天,绿树成荫,四季常青,园内景色步移景异。(图5-1)

图5-1 北京大学匾额(汇图网提供)

在很多中小学生的心中，北大是他们非常向往的地方。不知何时起，北大成了梦想的代名词。北大是在不断革新中壮大起来，并成为百年名校的。北大不仅拥有深厚的人文底蕴，也传承着"北大精神"。而北大校园里的楹联正是北大精神的最直接体现。

北京大学的前身是京师大学堂，创办于清光绪二十四年（1898年），为清代最高学府。清朝大臣张百熙主管京师大学堂事务，曾为京师大学堂题一联云："学者当以天下国家为己任，我能拔尔抑塞磊落之奇才。"上联化用唐代韩愈《送许郢州序》"以国家之务为己任"，树立胸怀天下、报效国家的使命感。下联集自唐代杜甫《短歌行·赠王郎司直》，倡导举荐选拔人才，亦表明京师大学堂乃人才荟萃之

图5-2 北大校园内蔡元培雕像（汇图网提供）

地。1912年，京师大学堂更名为北京大学，1917年蔡元培（图5-2）出任校长，他在给北大毕业生纪念的铜尺上，提有一副对联："各勉日新志，共证岁寒心。"意思是希望毕业生离开学校后要不断求新，努力进取，成为社会之栋梁。

北大校园景色优美，曾有一联概括了北大的风景。（图5-3）上联为"一塔湖图簇锦绣"，下联为"满园桃李争芳华"。"一塔湖图"指博雅塔、未名湖和北京大学图书馆。意思是说博雅塔、未名湖以及图书馆

图5-3　未名湖与博雅塔（汇图网提供）

周围锦绣成团,色彩艳丽;燕园内学生们争取进步,相互勉励,光彩夺目。这副楹联既勾勒出北大校园的风光,又描绘出学生们努力进取的场面。

沿着小路一直走,来到未名湖畔。有一楹联写未名湖:"人逢盛世真难老,湖至今日未有名。"上联写人寿,出自毛泽东诗词《采桑子·重

图5-4 乾隆帝御笔题写的青石四扇屏风联(汇图网提供)

阳》，下联写湖名。《道德经》有云："道常无名……始制有名。""未有名"即"无名"，以"未名"作湖名，正体现了"道"。

位于未名湖北岸的青石四扇屏风并排而立，一扇一景，四扇又连为一体，从第一至第四扇石屏上依次题写着"画舫平临蘋岸阔""飞楼俯映柳荫多""夹镜光澂风四面""垂虹影界水中央"。四句组成两副佳联，为乾隆帝御笔。这四句原是称述圆明园"夹镜鸣琴"这一景点的，圆明园先后遭到英法联军和八国联军的劫掠和焚毁，这四扇屏风被埋没于废墟荒野之中，燕大建校时才被发现，之后就被安放于未名湖的北岸。(图5-4)我们先来欣赏第一副佳联：蘋（pín）为植物名，是一种生长在浅水的植物，因顶部的四个叶片像"田"字，因此俗称田字草。古人所建楼宇，多飞檐翘角，飞楼即此之谓。全联意为装饰华美的小船临着蔓生蘋草的宽阔河岸，飞檐翘角的重楼俯映之处，柳荫繁茂。再来欣赏第二副佳联："澂"字是"澄"的异写，"夹镜"，非常明亮的镜子，这里指湖水像镜子一样闪光；"风四面"，是四面来风；"垂虹"，天上垂下来的彩虹；"影"，水中的倒影；"界"，分开，指在水的中央把湖水分成两部分。全联意为水似明亮的镜子闪着澄澈的光，而风从四面吹来；天上的彩虹垂落下来，在湖的中央把水分成了两半。

北大校园内有两座清代的石牌坊可谓"难兄难弟"，其一位于朗润园南一座石桥前，石牌坊顶端有"断桥残雪"四字，两侧楹联为："杨柳似含烟羃䍦，楼台仍积玉嵯峨。""羃䍦"，烟貌（《康熙字典》）；"嵯峨"，形容盛多；"楼台"，指圆明园汇芳书院楼台的屋顶。全联意为杨柳羃羃低垂，如含烟气；楼台仍有积雪，尚未消融。坊北面顶部有诗写立坊缘由，两侧有联，上联为"连村画景张横幅"，下联只剩"著树梅花丛野□"，最后一字被损坏已不可考。(图5-5)

另一坊在考古文博学院附近，红湖东岸上，顶端有"柳浪闻莺"，

图5-5　"断桥残雪"石坊及其楹联（汇图网提供）

其正面的楹联为："能言春鸟呼名字，罨画云林自往回。"古人认为有的鸟名称来自其鸣声，上联中"春鸟"当为柳浪闻莺景观中的黄莺；"罨"，遮掩，"罨画"意为云烟柳林掩映着如画美景。全联意为春鸟鸣叫好像会说话，呼唤着自己的名字；云烟柳林掩映着画境，鸟儿自在来回飞翔。背面楹联上联为"几缕画情遮过客"，下联为"一行烟意□新题"，中间缺失一字无法辨识。（图5-6）

　　这两座牌坊来历不凡，文字均为清代乾隆帝御笔，题写圆明园中仿西湖十景的景象。乾隆帝曾六下江南，每一次都会去杭州，可见他对杭

图5-6 "柳浪闻莺"石坊及其楹联（汇图网提供）

州的喜爱。乾隆二十八年（1763年）圆明园扩建时，便将西湖十景全部复制了过来，"断桥残雪"和"柳浪闻莺"便是其中两处。然而后来圆明园被毁，这些美景也不复存在。今天，我们通过遗存的楹联与诗句，依然能想象出当年那些人间胜景所展现的诗情画意。

图5-7 中国书法研究院及其楹联（汇图网提供）

再往北，进入位于朗润园的中国书法研究院，大红门柱上的楹联便映入眼帘："志在立诚可禅逝艺，人能弘道何忧未名。"（图5-7）这副对联由著名画家范曾于2016年赠予北京大学中国书画研究院。该联气象非凡，境界高远，既给人以激励，又能给人以抚慰。能立诚者必是能严于律己之人，能弘道者必是能担当大义之人，何等可敬！人无志不立，而志在立诚，大诚则有大智慧，所谓"精诚所至，金石为开"，正可解释"可禅逝艺"。在这副楹联中，"禅"有觉悟、感悟的意思。"逝"可理解为过去或已经存在。"逝艺"可理解为过去或已经存在的艺术品或艺术行为。"可禅逝艺"就是可以通过艺术品或艺术行为启发我们觉悟、感悟人生真谛。而"何忧未名"又是何等的洒脱！只问耕耘不问收获，收获自然就在其中了。其中的"未名"，借用了北大未名湖的名字，十分自然妥帖。

北京大学北边设立了一个位于四合院里的数学研究机构——北京国际数学研究中心。在研究中心北门两侧，挂着一副数学家罗懋康撰文、数学家刘建业题写的对联："天道几何，万品流形先自守；变分无限，孤心测度有同伦。"（图5-8）这是一副数学与文学、书法完美结合的楹联。它用独特、工整的汉语和数学名词，概括了数学作为"科学之王"的地位，也展现出在四合院中终日思索的一群数学家的工作、生活和精神世界。其中，"天道"指客观存在的规律；"几何"有两种解释，一种是数学中的"几何学"，一种是古汉语中的疑问词"多少"，如年龄几何？物有几何？"万品"即万种事物，"万"是概数，不是确数；"流形"指变化中呈现的样式；"变分"指变易分化；"孤心"指一个人孤独而专心致志；"测度"指推演求证；"同伦"指从事同一工作的同事。整联翻译出来就是：客观存在中最为基本的规律到底有多少，万物演化都已先行遵循；变易分化是如此无穷无尽，苦心孤诣地推演运

图5-8 北京国际数学研究中心楹联（灵极限提供）

算，总能遇见志趣相通的知音。

  在一般人眼里，数学是枯燥的、深邃的。但在痴爱数学的人眼里，数学是美不胜收的。这副对联，就是数学家对数学生活的艺术概括。可谓"数字与大趣相伴，枯燥与至美同时"。英国哲学家罗素说："数学，如果正确地看，她不但拥有真理，而且具有至高的美。"古希腊数学家普罗克拉斯说："哪里有数字，哪里就有美。"数学大师高斯说："数学中的一些美丽定理具有这样的特性：它们极易从事实中归纳出来，但证明却隐藏得极深。"数学有朴实之美、逻辑之美、精致之美、恒定之美。

清华大学中的楹联

　　清华大学是我国著名的高等学府，也是一座历史悠久的院校，清华园中有不少楹联和典故。（图5-9）

图5-9　清华园（灵极限提供）

图5-10 工字厅北侧描写水木清华的匾联（灵极限提供）

工字厅是清华园的中心建筑，在工字厅后门外的"水木清华"是清华园内最引人入胜的一处景观。林山随四时交替不断变换美景，再加上秀水环绕，古亭掩映，更是美不胜收。正额庄美挺秀的"水木清华"四个字出自晋人谢混诗："惠风荡繁囿，白云屯曾阿，寒裳顺兰止，水木湛清华。"正中朱柱上悬有清道光进士，咸丰、同治、光绪三朝礼部侍郎殷兆镛撰写的名联："槛外山光历春夏秋冬万千变幻都非凡境，窗中云影任东西南北去来澹荡洵是仙居。"（图5-10）上联说的是，站在古亭的栏槛之侧,远望西山一年四季变幻多端各不相同的万千风光,感觉这里好似仙境。下联中,"澹荡"形容和畅,"洵"是实在、诚然之意,全句说的是,站在古亭之中,看着那广袤无垠的天际,云朵在其中飘荡翻腾,云影呈现出万般样貌,这古亭,实在是神仙居住的地方呀。

说到清华花园,有一个关于对联的著名故事。1932年清华大学面向全国招生,其中,语言科目是由国学大师陈寅恪先生出题。他只出了两道题,一道是作文,另一道则是对对子。这似乎具有传统考试的一些含义,因此在当时引起了很多关注。(图5-11)

对联给出了上半联"孙行者",要求考生去对下联。考生的答案五花八门,各有其理。但也有考生认为陈寅恪是顽固守旧,在玩文字游戏,选择提交白卷,甚至直接在试卷上辱骂出题者以发泄愤怒。面对众多声音,陈寅恪给出了自己的解释:"'前生恐是卢行者,后学过呼韩退之。''韩卢'为犬名,'行'与'退'

图5-11 清华校园内的陈寅恪铜像(汇图网提供)

皆步履进退之动词，'者'与'之'具为虚字。东坡此联可称极中国对仗文学之能事。另外，盖胡孙乃猿猴，而'行者'与'适之'意义音韵皆可相对。"上联"孙行者"，虽然只有区区三个字，但是里面却蕴含着中国文学的基本知识。其实这次的对联题目考察考生的要点有很多，一是虚字和实字的使用和区分，二是平仄声的检验，三是考生的知识储备量，四是考生的思维条理。当大家了解了陈寅恪先生的出题本义后恍然大悟，原来这次考试考的不仅仅是押韵和谐，而且考察考生对中国文学全方位的掌握和理解。

周祖谟是众多考生中的一个，他给出的答案是"胡适之"，自然得到满分。此外，还有考生给出的答案是"祖冲之"，一样有分数。

现在高考试卷题目众多，但其实所考察检验的不外乎就这几项。所以陈寅恪先生的这道题目显然很精辟。这则故事体现了清华大学不仅以理工见长，而且具有深厚的历史文化底蕴。

联语雅韵

北京楹联里的记忆

6

别有天地，北京老字号店铺中的楹联

所谓"老字号"，一般是指明清之际以来近代中国出现的民族工商企业名家。他们中有的传承至今，名牌商品依旧畅销；有的则企业中落，逐渐消逝。但人们追怀这些老字号的商品和服务，称赞他们的经营管理，可谓情牵梦系。这种现象说明老字号创下的光辉企业形象，有着跨越时空的文化魅力。

餐饮饭馆中的楹联

老字号的传承过程中少不了文化的熏陶，楹联作为我国独有的文化体裁，历经千年而不衰。将两者巧妙地结合起来，楹联就变得风雅别致，别有一番韵味。

"酸甜苦辣咸，五味调和；色香味形器，百感俱生。""闻香且止步，知味暂停车。""烹调五味供甘旨，掇拾群芳补太和。"将餐饮与楹联相结合，使两种文化产生联系。北京老字号餐饮业界特别注重与北京文化的联袂，这种"老字号餐饮楹联"文化现象，独具中国特色，值得我们去研究。

119

1. 全德烤鸭店中的楹联

提到烤鸭，在北京众多烤鸭店中，有一家长盛不衰的烤鸭店叫全聚德。它始创于1864年，百年来这里的炉火传承着宫廷挂炉烤鸭的技艺，记载着全聚德烤鸭店几代人的艰辛与成果。

一百多年的炉火，铸成了"全聚德"天下传扬的美誉。全聚德是中华饮食的骄傲，"天下第一楼"当之无愧；当然更是北京人的骄傲，说"中国第一吃"恰如其分。（图6-1）

餐厅正中高悬"全聚德"的金字匾额，两侧悬挂乌木镶金的楹联"只三间老屋时宜清风时宜月，惟一道小味半如尘世半如仙"，其中"只"与"惟"相对都表示"只，单独"的意思；"间"与"道"相对，都是量词，形容菜肴与就餐环境；"老屋"与"小味"相对，突出了全聚德烤鸭菜肴的精致；"时宜清风时宜月"与"半如尘世半如仙"相对，道出了品味全聚德烤鸭后给人们留下的似入仙境般的全新体验，全联点出了全聚德"世道变迁，心意不变"的主题。如今的"全聚德"既古老又年轻，既传统又现代，成为传播中华民族饮食文化的中坚力量。

2. 东来顺中的楹联

在北京，能被称为"本土大餐"的，除了烤鸭，恐怕就是涮羊肉了。宴请需要讲究礼仪，请初次见面的贵客要去全聚德，而宴请已经很是熟悉的朋友，吃涮羊肉无疑是最为亲近的选择。东来顺是北京的老字号，俨然已是北京涮羊肉的标准，如果不去东来顺，那这顿涮肉算是白请了。（图6-2）

东来顺始创于1903年。经过几代厨师博采众家之长，苦心钻研羊肉

图6-1 位于前门大栅栏商业街的全聚德起源店绘金雕花门面（全景网提供）

图6-2　王府井东来顺饭庄（汇图网提供）

菜品的制作技艺，东来顺在爆、烤、涮的基础上逐渐总结出一套具有独家风味的熘、炸、扒、炒等烹调技法，经营的菜品日益精美。在其店内有楹联一副，上联为"涮烤佳肴名远播"，下联为"烹调美味誉东来"，写出了菜肴的特色和风味。在涮烤领域，东来顺声名远播，赞誉烹调美味时，都会赞誉东来顺。一旦名气大，就会成为标准，涮肉不去吃"标准"，那怎么对得起朋友？上联中"涮烤"与下联中"烹调"相对，说出了东来顺烹调的主要品种为涮肉与烧烤；"美味"对"佳肴"，让人感受到这里菜品的精美与可口；"名"与"誉"，名即声誉，誉即称扬、赞美。如今东来顺成为北京餐饮文化的代表之一，以"一菜成席"而驰名中外的东来顺涮羊肉，更是将美食、美味、美器汇为一体。

药食加工店铺中的楹联

1. 天福号中的楹联

天福号始创于清乾隆三年（1738年），当年创始人刘凤翔在北京西单瞻云坊牌楼旁开设刘记酱肉铺。两年后，刘凤翔经多方寻觅得一牌匾，自此刘记酱肉铺立号为"天福号"。（图6-3）1891年，慈禧太后尝过天福号酱肘子后赞不绝口，特赐天福号进宫腰牌一块，以后每日按量供应，使之成为誉满京城的贡品。历经百年沧桑的天福号，在京城享有"乾隆酱汁传百年，慈禧腰牌通天

图6-3　天福号牌匾（孙一泓摄）

图6-4　天福号楹联（汇图网提供）

下"的美誉。2008年天福号酱肘子制作技艺被纳入国家级非物质文化遗产名录。

　　春节是老百姓的重大节日，老北京有个习俗，在除夕夜吃酱肘子，预示着肥猪拱门、送福到家，图个吉利。如果要适合自己的口味，自家制作酱肘子无疑是最好的选择；如果图省事，就去买商家做好的。但是，买哪一家的好呢？人家天福号很霸气地说：我们店历史悠久，有多久呢？十万朝！这是时间。在地域空间上，人家有多牛呢？酱肘子的香味传遍九州。这个说法被写成楹联悬挂于天福号酱肉门店："店久十万朝乃诚信为本，酱香九州地唯品质是天。"（图6-4）楹联夸张却又不失真实，大气而紧扣经营的根本，说明了此店经久不衰的原因之一为诚信经营，原因之二为酱肉的品质有保证。在北京，除夕夜吃天福号的酱肘子已是标准动作，似乎吃自家做的不算"送福到家"，也起不到"图吉利"的作用。天福号在霸气冲天的同时，不忘本分，始终以诚信为本，品质是天大的事。确实如此！在北京，所有传承至今的老字号，无不是以诚信、以品质立足。天福号服务社会、服务客户的真挚承诺，是其经久不衰的唯一道理，表现了天福号人置身商业活动中的崇高精神和强烈的社会责任感和使命感。吃食如此，做人亦然！

2. 锦芳小吃中的楹联

位于崇文门外大街路东的锦芳小吃店创建于1926年，现为北京市有名优质小吃店。主要经营清真小吃，如糖火烧、艾窝窝、麻团、一品烧饼、奶油炸糕等。店里的拳头产品是什锦元宵，其主要特点是：煮时只要开锅就都漂在水面，而且膨胀，煮后皮松软，馅心成粥状，吃起来香甜不腻。其楹联为："小吃不小百食如锦，大家乃大一品生芳。"此联紧扣"锦芳"店名，"锦"为鲜明美丽之意，"芳"喻为美好的，从联中即可读出小吃虽小但却色香味俱全，吸引走过路过的行人前去品尝。

(图6-5)

3. 稻香村中的楹联

北京稻香村始建于清光绪二十一年（1895年），位于前门外观音寺，时称稻香村南货店，南店北开，前店后厂，别具特色，是京城生产经营南味食品的第一家，产品受到社会各界人士的广泛欢迎。鲁迅先生寓居北京的时候经常前往购物，《鲁迅日记》中有多次记载。百年老店稻香村特别注重提升文化品位，并邀请联家、诗人吴寿松先生撰写楹联："稻熟金秋，南味酥饴盈闹市；香飘玉宇，中天明月照山

图6-5 锦芳小吃楹联（汇图网提供）

村。""稻",稻谷之意;"南味",南方的风味;"酥",松脆,多指食物;"饴",用麦芽制成的糖浆,糖稀;"盈",充满。上联意为稻谷熟透的金秋时节,具有南方风味的麦芽制成的酥糖充满热闹的城市。下联中,"玉宇"指天空,"中天"指当空,"明月"是明朗的月

图6-6 北京稻香村（全景网提供）

亮。意思为香气飘满天空，高挂于天上的皓月照亮了田野间的山村。此联把稻香村经营的产品进行了具体概括并且巧妙地将稻香村三字嵌入联中。（图6-6）

4. 六必居中的楹联

在前门大栅栏东口粮食店街，临街有一家店铺，历史悠久，闻名遐迩，这就是六必居酱园。据史料记载，六必居始建于明朝嘉靖九年（1530年），已有480多年的历史。六必居酱菜咸甜适口，受到人们的大力称赞，店堂内挂着"六必居"三个大字的横匾，相传是明朝权臣严嵩

图6-7 位于前门粮食店街的六必居酱园（孙一泓摄）

书写的。此匾虽数遭劫难，但仍保存完好，现已成为稀世珍品。（图6-7）

六必居店内有楹联，上联为"黍必齐，曲必实，湛必洁，器必良，火必得，泉必香，京华古都传统，必严必信，居家旅行，懿哉君子"，上联中的六个"必"字也正是六必居名字的含义所在。下联为"味斯淳，气斯馨，泽斯清，质斯正，形斯雅，品斯精，嘉靖年间风骨，斯承斯盛，佐餐助酌，莞尔佳宾"，展现六必居酱菜味道鲜香，品质出众，历史悠久，深受顾客喜爱。如今六必居不仅成为京城许多家庭的日常必备，也是国宴上招待外宾的小菜之一，具有很高的历史文化价值、营养保健价值和品牌价值。

5. 张一元茶庄中的楹联

在北京大栅栏胡同里,有一处引人注目的老字号茶叶店,那就是张一元茶店。此店建于19世纪初,原名为张玉元。老北京人一提起茶,嘴边常挂的就有张一元。店主张文卿为了发展壮大生意,引用了"一元复始,万象更新"对联中的前两个字作为店名,"一元复始"出自《公羊传·隐公元年》:"元者何?君之始年也。春者何?岁之始也。""万象更新"出自《红楼梦》:"如今正是初春时节,万物更新,正该鼓舞另立起来才好。""一元复始,万象更新"表示一年开始,事物又有一番新气象。自创建以来,张一元茶庄经历了近百年的风风雨雨,不负当

图6-8 张一元茶庄的楹联(汇图网提供)

初创业的愿望,成为京城著名的老字号茶庄。店前悬挂楹联:"茶香高山云雾质,水甜幽泉霜雪魂。"(图6-8)本联不仅说明了张一元茶店茶质的优良,还点明了茶店水质的甜美。水为茶之母,"茶性必发于水,八分之茶遇十分之水,茶亦十分矣;八分之水试十分之茶,茶只八分耳",可见泡茶水质的好坏,会直接影响到茶的色、香、味。

我国各地茶馆、茶楼、茶园、茶亭的门庭或石柱上,往往都有这样的对联、匾额。这样的对联通常被称为茶联。茶联是以茶为题材的对联,是茶文化的一种文学艺术兼书法形式的载体。茶联美化了环境,增加了文化气息,能够促进品茗情趣。

6. 吴裕泰茶庄中的楹联

"半生喝茶,一世情缘"是北京众多茶友对百年老字号吴裕泰茶庄的评价,也是吴裕泰茶庄以茶会友、真诚服务的真实写照。吴裕泰始创于1887年,是一座拥有百年历史的老字号茶庄。吴裕泰茶庄总店位于东城区东四北大街44号,门前的黑底金字牌匾"吴裕泰茶庄"为著名书法家冯亦吾题写。店内有副楹联,上联书"饮酒当记刘伶醉",下联写"吃茶应念陆羽功"。其上联出自典故刘伶醉酒。传说杜康在白水康家卫开了一个酒店。东晋"竹林七贤"中的名士刘伶,以酒量大而闻名天下。一天,刘伶从这里路过,看见酒店门上贴着一副对联"猛虎一杯山中醉,蛟龙两盅海底眠",横批"不醉三年不要钱"。刘伶看了,不禁哈哈大笑,心想我这个赫赫有名的海量酒仙,哪里的酒没吃过,从未见过这样夸海口的。且让我把你的酒统统喝干,看你还敢不敢狂?于是刘伶进了酒店,杜康举杯相敬。谁知,三杯下肚,刘伶只觉天旋地转,醉倒在地,跌跌撞撞地回家后,一醉三年。三年后,杜康到刘伶家要酒钱,此时刘伶的家人说刘伶已去世三年。而刘伶的妻子听到杜康来讨酒

图6-9　吴裕泰茶庄北新桥总店（海琳提供）

钱，又气又恨，上前一把揪住杜康，哭闹着要和杜康打官司。杜康笑道："刘伶未死，是醉过去了。"他们到了墓地，打开棺材一看，刘伶醉意已消，慢慢苏醒过来。他睁开睡眼，伸开双臂，打了一个大呵欠，吹出一股喷鼻的酒香，得意地说："好酒，真香啊！"这传说正说明刘伶所饮酒的醇香与浓烈。下联"吃茶应念陆羽功"也有一个故事。茫茫历史长河，千古风流人物。世间文人雅士不少，陆羽是其中一个。他是唐代有名的茶学家，后人称他为"茶圣"。他精通茶道，擅长种植茶树，著有世界上第一部关于茶的典籍《茶经》。这部书分三卷，从茶的起源，到茶具再到制茶，然后是煮茶饮茶等，详细地写出了各项流程和注意事项。陆羽为了验证真实性，又亲自实践，检验真理，尽其所能拿到准确资料。他深知光靠自己发掘远远不够，便悉心向同行前辈请教经验，查阅书籍，不断完善。《茶经》的问世大大推动了茶文化的传播。（图6-9）

茶是个精细的东西，制茶、沏茶、喝茶、品茶这些工序皆需如此，如果没有耐心和信念，是很难从事这个行业的。

吴裕泰店内布置得温馨典雅，使顾客有宾至如归之感。店堂中间迎面悬挂着一面玻璃镜，左右两侧是一副金色楹联："雀舌未经三月雨，龙芽先占一枝春。""雀舌"与"龙芽"，均为茶叶的类别。这副楹联的大意是：雀舌茶一般是清明前采摘，未经三月雨；龙芽也是春季前期的好茶。均写出了茶叶的新鲜细嫩。店堂正中有方桌，旁置座椅和两对长方坐凳。店内还摆放着应时花卉，如茉莉、桂花、梅花、玫瑰等，烘托出茶文化的雅趣。（图6-10）

茶文化是我国传

图6-10　吴裕泰茶庄楹联（聂鸣/FOTOE提供）

统文化的重要组成部分，中国人很早就有饮茶的习惯，人们在闲时喜欢沏上一杯茶，慢慢品味。北京人讲究喝花茶，吴裕泰的花茶制法独特，最受推崇。历经百年的茉莉花茶窨制技法是吴裕泰历久弥新的关键，被认定为国家级非物质文化遗产。

7. 北京同仁堂中的楹联

北京同仁堂是中医药行业中著名的老字号企业，300多年来，同仁堂人继承中华民族优秀传统文化，恪守"炮制虽繁必不敢省人工，品味虽贵必不敢减物力"的古训，树立"修合无人见，存心有天知"的自律意识，在经营过程中坚持"德、诚、信"的优良传统，确保了同仁堂金字招牌的长盛不衰。（图6-11）

"炮制虽繁必不敢省人工，

图6-11　北京同仁堂楹联（吴艳雄摄）

品味虽贵必不敢减物力。"意思是说制药的工序虽然烦琐，但同仁堂绝不会为省人力而减少制药环节；制药的材料虽然贵重，也绝不会为此而减少药材数量。这副楹联反映了制药过程中的一丝不苟与严谨细致，永远精益求精，绝不偷工减料的工匠精神。

同仁堂药店原名叫"京都同仁堂乐家老铺"，开业于康熙八年（1669年）。该店经营的中草药和丸、散、膏、丹等各种中成药，以选料真实、炮制讲究、药味齐全著称于世。其创始人乐显扬祖籍浙江宁波。祖辈三代行医，他自幼耳濡目染，广读方书典籍，致力于方药研究制作，他说："可以养生，可以济世者，惟医药为最。"

同仁堂老铺内有一副悬挂了300余年的楹联："同气同声济世济民，仁心仁术医国医人。"此联属于八言联，即上下联中各由八个字组成。"同气同声"比喻亲密无间、志趣相合，"济"指对困苦的人加以帮助。上联"同气同声济世济民"的意思是亲密无间、志同道合的同仁堂人对处于病痛中的人们定会竭尽全力加以帮助。下联中"仁心仁术"的意思为这里的医者心地仁慈，医术高明。"仁心仁术医国医人"则表达了同仁堂医者的精湛医术和医药的绝妙作用。整副楹联充分体现了百年老字号同仁堂药店做药、做人的准则。

服装文具店中的楹联

1. 一得阁墨汁店铺中的楹联

文房四宝是中华民族特有的文书工具。古语有云："有佳墨者，犹如名将之有良马也。"墨的质量好坏，在一定程度上决定书法字画的意境呈现。

在北京和平门外，有一条街叫琉璃厂，街上历史悠久的老字号名店不计其数。琉璃厂大街中段，一幢古朴的砖楼，氤氲着浓郁的文化气息，堪称墨业鼻祖的中华老字号"一得阁"便坐落于此。

中国人使用墨进行书写由来已久，过去主要使用固态的墨锭，加水在砚台上研磨出墨汁再使用。直至晚清，一位名叫谢崧岱的书生，改变了这一现状。谢崧岱数次赶考皆未中第，科场失意之余，有一件事却令他印象深刻：考生在考场上除了苦思冥想做文章外，还要磨墨，噪音扰人思绪，浪费了宝贵时间。谢崧岱灵机一动便萌生了研制墨汁的想法。就靠这么一个想法，谢崧岱开始专心琢磨墨汁，于同治四年（1865年）创办了一得阁。"遵古不泥古，创新不离宗"是一得阁创办150余年以来的重要理念。谢崧岱亲自撰写楹联："一艺足供天下用，得法多自古人

图6-12　一得阁楹联（汇图网提供）

书。"联意为墨汁这一项技术便可以供应天下人使用，做事方法得当来自古时候人们书写所需，一得阁也由此联得名。如今的一得阁仍保持着传统的工艺和技法，在一滴滴清香的墨汁中，传递着制墨匠人们的执着与坚守。（图6-12）

2. 瑞蚨祥中的楹联

瑞蚨祥是一家以经营绸缎布匹为主，兼有皮货、茶叶、洋货等多种商品售卖的中华老字号，创设于同治元年（1862年）。瑞蚨祥店名中的"瑞"字，是瑞气的象征，"蚨"是古代传说中一种形似蝉的昆虫。

根据晋代《搜神记》记载，青蚨"生子必依草叶……取其子，母必飞回，不以远近……以母血涂钱八十一文，以子血涂钱八十一文，每市物或先用母钱或先用子钱，皆复飞归，轮转无已"。这里说的是钱用完了又能飞回的故事。因此当年老板取店名瑞蚨祥就是借"祥瑞"的吉祥之寓意。

图6-13 瑞蚨祥鸿记楹联（孙一泓摄）

北京瑞蚨祥开设于光绪十九年（1893年），从一个很小的绸布店逐步发展成为名贯京城的"八大祥"之首，首先在于它的讲信誉、得人心。瑞蚨祥创始人、一代儒商孟洛川有自己的一套经营准则。"洪范五福先言富，大学十章半理财。"他常告诫子孙和员工："生财有大道，生之者众，食之者寡，为之者急，用之者舒，则财恒足矣。"在经营中主张以信取誉、以礼治店、以诚待人。

在店内有一副楹联，上联"瑞蚨交近友"，下联"祥气招远财"。表达了瑞蚨祥人以布会友，安瑞祥和的经营理念。在瑞蚨祥鸿记有一副楹联："瑞气盈门，凤吐经纶成七彩；祥光洒地，龙盘锦绣璨千花。"古时，绫罗绸缎已成为富贵生活的代名词，上下联紧扣"凤吐经纶""龙盘锦绣"来演绎吉祥富贵的"七彩""千花"。(图6-13)

3. 荣宝斋字画店中的楹联

荣宝斋是一家驰名中外的北京老字号店铺，经营文房四宝。它坐落于北京市和平门外琉璃厂西街19号，是一座古色古香、雕梁画栋的高大仿古建筑。荣宝斋的前身是松竹斋，始建于康熙十一年（1672年），光绪二十年（1894年）更名荣宝斋，并增设"帖套作"机构，为后来木版水印事业的发展奠定了基础。(图6-14)

清代画家高其佩曾为此店作联："软红不到藤萝外，嫩绿新添几案前。""软红"是绵软的尘土，多用来代指都市的热闹和繁华；"几案"则是古代官员处理公文的桌子，这里指读书的清静之地。此联以景寄情，寄托了作者高洁清淡，自娱自乐，甘于书斋的情怀，正合鲁迅所言："躲进小楼成一统，管它春夏与秋冬。"整联构思奇妙，对仗工整，情景交融，读来韵味无穷，可让人体会到无尽的艺术韵味，已成为古今名联。

139

图6-14　荣宝斋牌匾（孙一泓摄）

  2006年，荣宝斋的木版水印进入第一批国家级非物质文化遗产名录。荣宝斋经营的书画艺术品和文房四宝均为中高档次，集名家名作于一堂，恪守"诚信为本，货真价实"的祖训，从而获得了社会的信赖。

后　记

本书出版之际，不禁想起当初字落白纸的忐忑，和最后逐字对稿的坚定，似乎看到旧时光里的我们，用执着的精神在这块圣土上辛勤耕耘。

岁月不居，时节如流。经过几个月的合作打磨，终于闻到了芬芳馥郁的味道。实际上，我们是编者，同时更是学习者。我们在学习中践行，通过翻阅大量楹联书籍，从不同角度不同视野了解楹联的应用价值，带动大家对这一文化领域的探究，让大家看到更远的天空，在吸取知识力量的同时，激发大家的学习兴趣，让中国传统楹联文化得以继承和发扬。

随着建设文化强国事业的推进，我们对传统文化愈加重视，也重新认识了学习传统文化的重要性和必要性。在楹联研究的开始阶段，我们更多地学习了楹联的基本内容、基本框架，在理论中寻找实践的灵感，在实践中寻找理论的影子。随着楹联研究的不断深入，笔者发现了一个现象：楹联的作用和价值不被现代人广泛认同，对楹联的关注度也是时而热情时而冷淡。这就导致了人们对楹联理解、把握不够深刻。同时，还有一个问题也不断地凸显，那就是人们写楹联的质量下降，无论是生活中写对联还是楹联征联活动，大家好像都茫无头绪、无从下手。

面对这些问题，仅依靠单纯的理论学习或方法的指点显然无法彻底解决。于是，我们着手收集北京城中皇家宫苑、各大公园、寺庵庙观、院舍堂馆、大学名校以及一些北京老字号店铺中的经典楹联作品，并逐一进行赏析，便于读者在欣赏这些令人拍案叫绝的楹联的过程中，感受北京这座古老皇城的历史以及风土人情。

　　本书的最终形成离不开优秀的团队，每次线上线下一起的思维碰撞和情感的交融，都会产生足够的幸福感，又会鼓足干劲，继续前行。感谢大家的智慧与付出、热情与宽容，我们借助团队力量互相帮助，互相支持，互相鼓励，因为我们有着同样的追求。希望通过本书，能带动更多的朋友了解中华传统楹联文化，对北京的楹联有所关注和思考，进一步理解楹联意思、体会楹联内涵。

　　楹联初读觉得枯燥，但当你略窥门径之后，就能投入地欣赏千百年楹柱上的那些佳联，体会其中的妙趣。